婚活食堂5

山口恵以子

PHP
文芸文庫

○本表紙デザイン＋ロゴ＝川上成夫

目次

目次・章扉デザイン——大岡喜直（next door design）
イラスト——pon-marsh

一皿目

ＡＩ婚活とおでんのちくわぶ

カレンダーは六月に入った。

暦の上では夏だが、梅雨《つゆ》入り前のこの時期は空が青く澄み、風はさらりと爽《さわ》やかで、短いながらも過ごしやすい陽気が続く。まるでこれから始まる鬱陶《うっとう》しい長雨、それに続くうだるような暑さ、皮膚にねっとりとまとわりつく重たい空気へのお詫《わ》びに、神様がひとときの安らぎを与えてくれたかのようだ。

玉坂恵《たまさかめぐみ》は店の前に立ち、狭い路地から覗《のぞ》く空を見上げた。もうすぐ午後四時だが、まだ太陽は空の高い位置にある。夏至《げし》は二十日後だった。

恵はシャッターを上げ、入り口の鍵《かぎ》を開けた。


ここ、四谷《よつや》しんみち通りはJR四ツ谷《よつや》駅から徒歩一分ほどの距離にある小さな商店街だ。長さは約百五十メートル、車一台がやっと通れるくらいの狭い路地だが、道の両側には飲食店が軒《のき》を連ねている。敷居の高い高級店はなく、気軽に入れる居酒屋、和・洋・中とその他の国の料理屋、ラーメン屋、うどん屋など、財布に優しい店が肩寄せ合って営業している。

そのしんみち通りの、駅の方から入ると出口に近い一角に、おでん屋のめぐみ食堂はある。カウンター十席だけの小さな店だ。そもそもの開店は半世紀以上前だが、高齢になった女将《おかみ》の引退に際し、恵が店を買い取って経営を引き継いだ。それからすでに十三年が過ぎた。

それにしては店が真新しいのは、三年前、隣の店の失火で築六十数年の古い店は全焼してしまい、その跡地に竣工《しゅんこう》したビルにテナントとして入れたからだ。五階建ての商業ビルの一階の三分の一がめぐみ食堂、三分の二は大手チェーン店のうどん屋だった。

ちなみに、しんみち通りで路面店のおでん屋はめぐみ食堂だけしかない。

恵は片手鍋《なべ》を火から下ろし、耐熱容器に中身を移し替えた。湯むきしたトマトをおでんの出汁《だし》で煮たトマトおでんは夏限定メニューで、冷蔵庫で冷やしてお客さんに供する。

トマトにはグルタミン酸が豊富で、和食との相性が良い。何故《なぜ》ならグルタミン酸は昆布《こんぶ》の旨味《うまみ》成分と同じだからだ。そのせいか、最近は和食の食材としても普通に登場する。

恵は本日の大皿料理の一つ、新じゃがとベーコンのキッシュをオーブンに入れた。おでんが煮上がるまでに五品を作り終えなくてはならない。他の四品は、ナスとピーマンの味噌炒《みそいた》め、枝豆、谷中生姜《やなかしょうが》（味噌添え）、グリーンピースと芝《しば》エビの中華炒め。枝豆は茹《ゆ》でるだけ、谷中生姜は洗ってそのまま出す。簡単だが、季節の野菜は手をかけなくても十分に美味《おい》しい。

やがて、調理は一段落した。

壁の時計に目を遣《や》ると、針は六時を指そうとしていた。恵は割烹着《かっぽうぎ》を〝調理用〟から〝接客用〟に着替えた。どちらも白い普通の割烹着だが、〝調理用〟が何年も使用してくたびれているのに対し、〝接客用〟はアイロンをかけてパリッとしている。今日の着物は藍《あい》色の縞模様《しまもよう》なので、白とのコントラストが鮮やかだ。

衣替《ころもが》えは正式には六月だが、恵は五月下旬から裏地のない単衣《ひとえ》を着ている。五月は結構気温が高いので、袷《あわせ》の着物で料理をしていると、エアコンを利《き》かせても汗だくになってしまう。

チラリと鏡を覗き、髪の毛が乱れていないか確認すると、カウンターから出た。店内に入れておいた暖簾《のれん》を表に掛け、立て看板の電源を入れて、入り口に下げた〝準備中〟の札をひっくり返して〝営業中〟にする。開店だ。

「こんばんは」

十分もしないうちに、口開けのお客さんが入ってきた。

「いらっしゃいませ」

　恵は愛想《あいそ》抜きで笑顔になった。

　やってきたのは藤原海斗《ふじわらかいと》。ゲームアプリの制作や情報配信事業で成功したＩＴ実業家で、近頃は教育産業にも手を広げたと聞いている。昨年、雨宿りでめぐみ食堂に入ったのがきっかけですっかり店を気に入り、以来何かと贔屓《ひいき》にしてくれる、ありがたいお客さんだった。

「ええと、まずはビール。小瓶《こびん》が良いな」

　海斗はカウンターに腰を下ろすと、おしぼりでゆっくりと手を拭《ふ》きながら、目の前に並んだ大皿料理を眺《なが》めた。

「谷中生姜と……キッシュの中身は何？」

「新じゃがとベーコンです」

「う〜ん。それじゃ、エビとグリンピース炒め」

　ビールの栓《せん》を開け、一杯目をグラスに注《つ》ぐと、海斗は美味《うま》そうに半分ほど呑《の》んだ。そして誰もがそうするように、大きく息を吐《つ》いた。

「ああ、生き返るな」

　恵は谷中生姜と中華炒めを小皿に取り分けた。

「本日のお勧めは……」

海斗はもう一度グラスを手に取り、壁のお品書きに目を走らせた。ホワイトボードに書いた料理は、スズキ（刺身またはカルパッチョ）、冷やしトマトおでん、鰯《いわし》の梅肉《ばいにく》揚げ、もずく酢、夏野菜（アスパラ、ナス、空豆）の天ぷら。

「トマトのおでんか。前に、麻布十番《あざぶじゅうばん》のおでん屋で食べたっけ」

恵は思わず微笑《ほほえ》んだ。

「私もあの店で初めて食べました。うちは夏限定メニューなんで、冷たくしてお出ししてるんですが」

「トマトおでん。それと、スズキのカルパッチョ」

注文を終えると、今度はおでん鍋に目を向けた。

「おでんも季節料理なんだよね。この店に来るようになって気がついた。筍《たけのこ》、里《さと》芋《いも》、蟹面《かにめん》……その季節ならではの食材が入ってる」

「そう仰《おっしゃ》っていただけると嬉《うれ》しいです。よろしかったら今日は新じゃがのおでんを召し上がってみて下さい。今が旬ですから」

海斗は里芋のおでんが好きなのだが、めぐみ食堂では里芋は十月から一月までしか出さない。

恵は冷蔵庫からトマトおでんを入れた容器を取り出した。トマトは小ぶりなものを使い、ガラスの器で出す。そうするといかにも涼しげで夏に相応《ふさわ》しく映る。

「そういえば、東北のおでんは細い筍が入ってるよね」

海斗は箸《はし》を入れ、トマトを二つに割った。半球がころんと腹を見せて倒れると、鮮やかな赤い果肉が上を向く。

「根曲がり竹ですね。北の方の特産だとか」

根曲がり竹は山陰、信越、東北、北海道が主な産地で、正式な名称は千島笹《ちしまざさ》という。えぐみが少ないので、味噌汁、煮物、焼き物、天ぷらなど、様々な料理に使われている。

「最近は東京でも手に入るみたいですけど、やっぱりその土地でいただくのは格別ですね」

恵はカルパッチョの盛り付けに取りかかった。スズキの刺身を放射状に皿に並べ、塩・胡椒《こしょう》、オリーブオイル、ワインビネガーを振りかける。中心には粒マスタードと黒オリーブのみじん切りを載せ、味にアクセントを添えた。

目の前に置かれた皿を見て、海斗は小さく目を瞬《しばた》いた。

「きれいだな。これはやっぱり日本酒を……」

飲み物のメニューをざっと見て、喜久酔《きくよい》の特別純米を注文した。まろやかな甘さと軽快な飲み口で、新鮮な魚介はもちろん、豆腐や野菜類とも相性が良い。

海斗はスズキをひと箸口に入れると、喜久酔のグラスを傾けた。ゆっくりと喉《のど》仏《ほとけ》が上下する。喉を滑《すべ》り落ちる酒の香気《こうき》がスズキの痕跡《こんせき》を洗い流し、仄《ほの》かな余韻《よいん》を残して消えてゆく……。

傍《はた》から見ていて、恵は思わずゴクリと喉を鳴らしそうになった。

「そういえば、この店は生の魚介は刺身の他に必ずカルパッチョをメニューに入れてるよね」

「はい。おでんの味付けが醤油《しょうゆ》ベースの出汁なので、なるべく味の重ならないメニューをご用意してるんです」

「へえ。さすがにプロは考えてるね」

「お恥ずかしい。素人《しろうと》料理ですよ」

恵は謙遜《けんそん》したが、褒《ほ》められて素直に嬉しかった。そして、ずぶの素人から始めて何とかここまでこられたことを思えば、我ながらよくやったと思う。そもそもおでん屋は、乱暴な言い方をすれば、ありものを買ってきて出汁で煮れば格好《かっこう》がつく。おでん屋以外の店だったら、とても続けられなかっただろう。

「急だけど、来週の土曜日、貸し切りで頼めるかな？　六時から二時間で」

「はい、ありがとうございます。何名様でしょう？」

「僕を入れて五人。実は春から新しい事業を立ち上げてね。激励会と親睦《しんぼく》会を兼ねて」

「それはおめでとうございます」

「どういう仕事だと思う？」

海斗はカウンター越しに恵を見上げ、からかうような口ぶりで言った。

「さあ……」

恵はＩＴにはまったく疎《うと》いので、見当もつかない。

「婚活」

「ええっ？」

予想外の答えに、つい一オクターブ高い声を出した。

「どうしてまた、急に？」

海斗が婚活とは、これ以上ないほどおかしな取り合わせに思えた。四十代独身イケメンのＩＴ実業家で、実生活でもモテモテなのだが、実は本人は人間の女性にまったく愛情を感じられず、自《みずか》ら開発したＡＩ（人工知能）の仮想恋人と相思相愛（？）で同棲《どうせい》生活を送っている。

「何か、心境の変化でも？」

海斗は愉快そうな顔で首を振った。

「全然。ただ、商売として有望だと気がついた」

海斗はカウンターに両肘《りょうひじ》をのせ、長い指を組んだ。

「僕が始めるのはＡＩによる婚活なんだ。つまり、ＡＩが仲人《なこうど》役を務める」

「ＡＩが仲人？」

「そう。元は従来型の結婚相談所だったんだが、うちが買収して、ＡＩを活用した結婚支援事業としてスタートすることになった」

新会社の名前は『パートナーシップ』という。

「これまで結婚に至った会員にかなりの数のアンケートに答えてもらって、各項目ごとに〝自分が重視する価値観〟と〝相手に求める価値観〟を測定する。その膨大《ぼうだい》なデータをＡＩで分析して、過去、どんな価値観のカップルが結婚に至ったかを割り出す。普通に考えれば、結婚したカップルと似た組み合わせは『上手《うま》くいく』可能性が高いことになる。そう判断したら、登録会員におすすめの相手として情報を配信する。そこでお互いが会うと決めればお見合いに進む」

海斗は一度言葉を切って喜久酔のグラスを干した。

「いきなり会わなくても、今はリモートも普及してるから、リモートでお見合いを重ねた後で実際に会ってもいい。それだけで結婚相手の幅は大きく広がる。北海道と九州、あるいは海外在住でも出会いのチャンスは平等に与えられるんだ」

電灯の光を映して海斗の目がキラリと輝いた。

「それに、ＡＩを利用すれば成婚率は格段に向上するはずだ。価値観の合わない相手と会って、時間と金を無駄《むだ》に使わなくても済む。良いことずくめだと思いませんか？」

「はあ」

恵は曖昧《あいまい》に頷《うなず》いたが、いささか面食《めんく》らっていた。ＡＩが将棋《しょうぎ》や碁《ご》で人間の棋士《きし》に勝利したことは知っている。やがては人類の知能すべてを集めても、ＡＩに太刀《たち》打《う》ち出来なくなると言われていることも。

しかしＡＩで縁結びとは、どうしても違和感を拭《ぬぐ》えなかった。

「ＡＩに人情の機微《きび》が分かるんでしょうか？」

海斗はほんの少し口角《こうかく》を上げた。こうした質問は、すでに経験済みのようだ。

「〝人情の機微〟と言うといかにも神秘的なムードが漂《ただよ》うけど、その実態は感情の集積でしょう？　それならＡＩで分析して、必要な情報を抜き出してマッチングさせることは、不可能でも何でもありません」

組んでいた手をさっと広げて締めくくった。

「ま、最終的に決めるのは本人同士ですからね」

そこへ、新しいお客さんが入ってきた。新見《にいみ》圭介《けいすけ》と浦辺《うらべ》佐那子《さなこ》の〝熟年事実婚カップル〟だ。

「まあ、いらっしゃいませ！」

常連の二人を前に恵が驚いて高い声を出してしまったのは、先月、佐那子が自宅で転倒して右手首を骨折したと新見に聞かされていたからだ。佐那子は七十代半ば。年齢を考えると回復には数ヶ月かかると予想していたのだが。

「お早いご回復で、おめでとうございます」

「彼女、骨が丈夫でね。それに努力家で、リハビリも熱心だから」

新見は愛《いと》おしそうな眼差《まなざ》しで佐那子を見た。佐那子はそれに応《こた》えて嬉しそうに微笑んだ。

しかし、佐那子の右手には親指の付け根から手首を覆《おお》うギプスがはめられ、箸を握れる状態ではなさそうだった。

「まだ道半ばだけど、秘密兵器があるから大丈夫」

恵の視線に気がついて、佐那子はバッグから一膳《ぜん》の箸を取り出した。箸に見えたが、上部が繋《つな》がっていて、先がピンセットのように広がった。

「これ、楽々箸っていうの。左右どちらでも使えて、私みたいに多少指が不自由でも、ちゃんと挟《はさ》めるのよ」

「まあ、便利なものがあるんですねえ」

恵はおしぼりを出すのも忘れて、楽々箸に見入ってしまった。

「失礼しました。今日は佐那子さんの快気祝いに、お通しはサービスさせていただきますね」

「あら、ありがとう」

佐那子は順番にカウンターの大皿料理を見ていった。

「そうねえ……キッシュと枝豆いただくわ」

「僕は谷中生姜とエビとグリーンピースの中華炒めを下さい」

「はい、かしこまりました。お飲み物は？」

恵は大皿料理を小皿に取り分けながら尋ねた。

「今日、スパークリングワインはある？」

「はい。スペインのドゥーシエ・シュバリエというカバになります。シャンパンと同じ製法で作っているそうですよ」

「じゃ、乾杯はそれで」

佐那子は隣の新見に顔を向けた。

「あなたも同じでよろしい？」

「もちろん」

恵は冷蔵庫からカバの瓶を出し、慎重に栓を抜いた。

ワインについては今年に入ってから付け焼き刃で勉強をしただけだが、スパークリングワインにも昆布の旨味成分と同じアミノ酸が含まれているので、おでんとの相性が良いらしい。また、すっきりした白ワインは、その「ミネラル感」がおでんの塩味との相乗効果で、互いに味を引き立て合うとも書いてあった。つまり、おでんにワインは決して邪道《じゃどう》ではない。

「乾杯」

佐那子と新見は軽くグラスを合わせて一口呑むと、お通しに箸を伸ばした。

恵は気を利かせてスプーンを添えたが、佐那子は左手で楽々箸を持ち、キッシュもグリーンピースも器用につまんで口に運んだ。きっと家で練習したのだろう。

「ああ、美味しい」

　佐那子は溜息《ためいき》混じりに漏《も》らした。

「お店で美味しいものをいただくのって、良いわね。圭介さんは気を利かせてテイクアウトで色々買ってきてくれるんだけど、やっぱり二人で外に出掛けるのは気分が違うわ」

「僕も、またこうやって二人で食事に出掛けられるようになって、心底ホッとしたよ」

　そして何の衒《てら》いもない口調で付け加えた。

「おしゃれした君と街を歩くのは、それだけで心が弾《はず》む」

「ありがとう。私もよ」

　恵も海斗も我知らず微笑んでいた。若いカップルが同じことを言ったら気恥ずかしく思うだろうが、熟年カップルの言葉は聞く者の心を温かくする。限りある時間の中で生きる者同士の、相手を思いやる気持ちが溢《あふ》れているからだろう。

　新見は佐那子が怪我《けが》をした後も、それまでと同じペースで、単身めぐみ食堂を訪れた。そして帰りには必ず、佐那子のためにおでんと料理をテイクアウトしていった。

「一緒に行けるようになるまで僕も外食を控えると言ったら、叱《しか》られてしまってね」

新見は佐那子に嚙《か》んで含めるように言われたという。

「あなたが外食を控えるのと、私の回復のスピードには何の関係もないわ。むしろ余計な気を遣《つか》わせて、あなたの気持ちに負担をかける方がずっと辛《つら》いのよ。私は一日も早く回復するように努力します。だからあなたもご自分の生活ペースを乱さないで。そして、怪我が治ったら、また二人で一緒に食事に行きましょう」

佐那子の言う通りだった。病人や怪我人と一緒にいるとどうしても気疲れする。だからなるべく余計な気を遣わずに、互いの生活ペースを守って暮らすことが大切なのだ。

佐那子と新見は、ホワイトボードに書かれた本日のお勧め料理を眺めている。

「トマトの冷やしおでんは外《はず》せないわね」

「スズキは刺身とカルパッチョをもらおうかな」

「そうね。あと、鰯の梅肉揚げはどうかしら？　スパークリングワインは揚げ物に合うし」

二人が相談を続けている横で、海斗が小さく手を挙げた。

「おでん下さい。お勧めの新じゃがと、牛スジ、葱鮪《ねぎま》、それとつみれ」

「はい、かしこまりました」

最後は茶飯《ちゃめし》におでんの豆腐を載せてお茶をかけた「トー飯」で締めるのが、めぐみ食堂における海斗の定番コースだ。

恵は皿におでんを盛りながら、喜久酔のデカンタが空《から》になったのを確かめた。

「今日はお勧めの日本酒があるんですけど」

「へえ。どんなの？」

「〝紅天女《くれないてんにょ》〟という純米吟醸酒《ぎんじょうしゅ》で、少女マンガの『ガラスの仮面』の劇中劇のタイトルなんです」

唐突に少女マンガを持ち出されて、海斗は怪訝《けげん》な顔をした。

「『ガラスの仮面』のヒロインの名前は、北島マヤっていうんですよ」

海斗は嬉しそうに目を細めた。

「それは、他の人に開けさせるわけにはいかないな。一本もらうよ。残ったら店に寄付する」

「ありがとうございます」

恵は心の中で「やったね！」と叫んだ。海斗はＡＩの仮想恋人を〝マヤ〟と名付けているのだ。

それから二人、三人と新しいお客さんが入ってきた。

海斗は長居せず、シメのトー飯を平らげると、〝紅天女〟のボトルを半分ほど残して勘定《かんじょう》を済ませた。

「じゃ、来週の土曜日、よろしく」

「はい。お待ちしております」

海斗が店を出て行くと、カウンターを片付けている恵に、佐那子が小声で耳打ちした。

「ねえ、いつかお話ししていたモテモテの独身実業家って、さっきの方じゃない？」

恵は黙って頷いた。

もちろん、普通ならお客さんのプライバシーを他人に話すようなことはしないのだが、四人の美女の気持ちを翻弄《ほんろう》するかのような海斗の振る舞いが理解出来ず、若い頃からモテモテで恋愛事情に詳しい佐那子に、海斗の真意を尋ねたことがある。実名は出していないし、海斗とは店で会うこともなく今日が初対面だったが、佐那子はすぐに気がついたようだった。

「よくお分かりになりましたね」

「そりゃ恵さん、当たり前よ。モテモテのイケメン実業家なんて、滅多《めった》にいないもの。ねえ」

佐那子は同意を求めるように新見の顔を覗き込んだ。新見は苦笑いを浮かべている。

「そうそう、あの方が最後に召し上がっていたご飯、美味しそうだったわ」

「トー飯ですね。佐那子さんも召し上がりますか？　よろしかったら新見さんと半分ずつで」

「どうなさる？」

佐那子はまたしても同意を求めるように新見の顔を見た。

「いいね。豆腐は胃に優しいし、シメにピッタリだ」

恵は以前、新見が「佐那子さんと一緒だと、何を食べても普段より美味しく感じられる」と言ったのを思い出した。

今日もご馳走《ちそう》さまです。

恵は心の中で二人にそっと囁《ささや》き、トー飯の支度《したく》にかかった。

その日もお客さんの入りは良く、満席で二回転した。暖かい季節のおでん屋としては上々の成績だ。

時計の針が十時に近づくと、お客さん達は次々に勘定を済ませ、席を立った。残っているのは二人連れの中年サラリーマンで、彼らもそろそろ帰り支度をする様子だ。

今夜は早仕舞《はやじま》いしようかな。

ふとそんなことを思ってカウンターを片付けていると、入り口の戸が開いた。

「いらっしゃいませ。どうぞ、お好きなお席に」

入ってきたのは、二人の美女と一人のもっさりした男性だった。美女は絵本作家の麻生瑠央《あそうるお》と病院の事務職員田代杏奈《たしろあんな》、男性は初めて見る顔だ。

「御無沙汰《ごぶさた》」

「お仕事帰りですか？」

「まあね。試写会だったの。会場が四谷だったから、久しぶりにお宅に寄っていこうって話になって」

瑠央はおしぼりで指を拭いながら、初顔の男性を紹介した。

「こちら、セブン出版の織部豊《おりべゆたか》さん。私の担当をしてくれてるの」

「どうも、初めまして」

織部豊はペコリと頭を下げた。年齢は二十七、八歳くらい。丸顔で人の好《よ》さそうなタレ目に、縁《ふち》なしの眼鏡《めがね》をかけている。

瑠央は三十代半ばで、絵本作家としても十年以上の実績があるから、中堅作家と若手編集者という関係だろうか。

「織部くんが担当になってから、よく試写会に誘ってくれるの。セブン出版って、配給会社と付き合いがあるんですって？」

「はい。その関係で試写会のチケットが回ってくるもんですから、麻生先生のお好みに合いそうな映画をご紹介してるんです」

「今日の映画、杏奈さんが公開されたら観《み》たいって言ってた映画なの。それでお誘いしたわけ」

「お陰様で、ひと足早く鑑賞出来ました。ありがとうございました」

杏奈は瑠央と豊に順番に頭を下げた。映画の余韻が残っているのか、瞳《ひとみ》が潤《うる》んで光っている。

「皆さん、お飲み物は如何《どう》しましょう？」

恵は大皿に残った料理を小皿に移しながら尋ねた。今日はこれで打ち止めにするつもりなので、お通しは全品サービスだ。

「ええと、スパークリングワイン、何かある？」

「ドゥーシェ・シュバリエというスペインのカバがございます」

瑠央が杏奈と豊の顔を見た。

「それにしない？　カバは美味しいわよ。シャンパンと同じ製法で作られてるの」

「賛成」

「僕も、先生と同じもので」

恵はカウンターにグラスを並べ、新しく栓を抜いたドゥーシェ・シュバリエを注いだ。黄金《こがね》色の液体から湧《わ》き上がる気泡が、白い泡《あわ》となって盛り上がった。

三人は軽く乾杯し、グラスを傾けた。

「ああ、美味しい」

瑠央は一気にグラスの中身を半分ほど干した。

「ええと、今日のお勧めは？」

瑠央と杏奈が壁のホワイトボードを見上げた。

「すみません。スズキは売り切れました」

「あら、残念。じゃ、トマトおでんと鰯の梅肉揚げ、もずく酢、夏野菜の天ぷらね」

瑠央は注文を終えると豊を振り向いた。

「ここ、おでん屋さんだけど、季節料理も美味しいのよ」

「シメにトー飯っていうメニューがあるんです。これがなかなかで……」

杏奈がトー飯の説明をすると、豊は神妙な顔で聞いていた。

恵は瑠央と杏奈、そして他の二人の美女が四つ巴《よどもえ》となり、海斗を巡って火花を散らしていたことを思い出した。ほんの数ヶ月前の出来事なのに、今思い返すと何年も昔のことのような気がするのは、結局女性達の葛藤《かっとう》が海斗に対する愛情ではなく、自身の生き方に由来することが分かってしまったからだろう。

今日、海斗が店を訪れたことを、恵は敢《あ》えて口にしなかった。瑠央にも杏奈にも、すでに過去の出来事なのだから。

三人はお勧め料理を肴《さかな》に、二本目のカバを空《あ》けた。

「そろそろおでんを頼もうかしら」

瑠央がおでん鍋に目を移した。

「ええと、大根とコンニャク、それから牛スジ、葱鮪、つみれ下さい」

「私も同じもの」

杏奈が続けて注文し、豊を振り向いた。

「ここの牛スジと葱鮪とつみれ、本当に美味しいんですよ。生まれてから食べたおでんの中で一番美味しいかも」

「そうですか。それじゃ僕もその三つと、ちくわぶ下さい。僕は、おでんはちくわぶがあれば満足なんです」

「えっ？」

杏奈はいささか頓狂《とんきよう》な声を上げ、目を丸くした。

「ちくわぶって、あの、小麦粉の塊《かたまり》？」

「まあ、そう言われればそうですけど」

杏奈は信じられないものを見たような顔で首を振った。

「私、全然理解出来ない。あれのどこが美味しいんですか？」

杏奈は二十五歳で、グラビアモデルのような可愛《かわい》らしい顔と肉感的なボディの持ち主だ。そのせいか他の人間に言われたら頭にくるようなことでも、杏奈が言うと角が立たない。

豊も特に気分を害した風もなく、やや困惑気味に答えた。

「おでんの汁がじわっと染《し》みこんで、茶色くなったちくわぶは最高ですよ」

杏奈はまたしても「え〜？」と眉《まゆ》を吊《つ》り上げた。

「だって、小麦粉の団子《だんご》ですよ」

「それを言うなら、コンニャクだって同じですよ。芋の粉を固めた団子じゃないですか」

「あら、コンニャクは全然別物ですよ。歯応《はごた》えがあるし、旨味もあるし。おかフグって言われてるんですよ」

そこで瑠央が、少し酔いの回った口調で杏奈に加勢した。

「そうそう。刺身コンニャクってあるけど、刺身ちくわぶってないわよね」

豊は情けなさそうな顔になった。

「でも先生、赤塚不二夫《あかつかふじお》先生の名作『おそ松《まつ》くん』に登場する〝チビ太〟のおでんは、コンニャク、ガンモ、ちくわぶですよ」

実はちくわぶではなくナルトだが、誰も真実を知らなかった。

「私もおでん屋を始めるまで知らなかったんですが、ちくわぶは東京では人気があるんですね。今も作っているお店が何軒もあるはずですよ」

恵が助け船を出すと、豊は勢いよく頷いた。

「そうです！　ちくわぶこそ、東京を代表するローカル食材ですよ」

杏奈が肩をすくめた。

「東京を代表する食材がちくわぶなんて、ちょっと情けないわ」

「どうしてですか？」

豊がちょっとムキになった。ひょっとして酔いが回ってきたのかも知れない。

「ちくわぶは安くて食べやすくて、どこの家庭のおでんにも対応出来ます。これは日本全国から集まってきた人が暮らす東京という街の、包容力の象徴ですよ！　むしろA5ランクの高級牛肉とか、高級アワビとか、フカヒレとか、そっちの方がイヤらしいじゃないですか。特権的で差別的で……ヒック！」

恵は笑いを嚙み殺しながら、豊に水の入ったグラスを差し出した。

「あ、どうも」

豊は恥ずかしそうにグラスを受け取り、ゴクゴクと喉を鳴らして飲んだ。

「織部くんにそれほどまでのちくわぶ愛があったなんて、意外だわ」

「いや、実は僕も今日まで気がつきませんでした。自分がこんなにもちくわぶを愛していたなんて」

しゃっくりは止まり、豊は気持ち良さそうに、グラスに残ったスパークリングワインを呑み干した。

「何だか、恋愛ドラマみたい」

瑠央は割箸を手に取ると、タクトのように振った。

「それまで何とも思わなかった女友達のことが、ある事件をきっかけに気になり始めて、やがて友情が愛に変わる……」

恵も菜箸を手に、おでん鍋の上で振った。

「それならやっぱりその役に相応しいのは、ちくわぶ、コンニャク、大根、お豆腐ですよね。地味な素材が、おでんの汁を吸って美味しく育ってゆく……。牛スジや葱鮪やさつま揚げは最初から目立ってるから、失格」

瑠央は酒のメニューを手に取った。

「この後のお酒、何が良いかしら？」

「定番は喜久酔ですけど、今日は軽めの赤ワインが入ってます。日本のワインで、軽い味わいです。上品でほどよい熟成感があって、酒屋さんの話ではおでんに合うとか。〝グランポレール　エスプリ　ド・ヴァン　ジャポネ　絢《あや》〟という銘柄です」

瑠央は「どうする？」と目で他の二人に尋ねた。

「牛スジで赤ワインいただいて、その後日本酒にしません？」

「そうね。織部くんは？」

「僕はお二人と同じで」

瑠央は軽く頷いて恵に言った。

「というわけで、その赤ワイン下さい」

恵は新しいグラスを並べ、〝絢〟という名の日本産ワインの栓を抜いた。ルビー色のワインを目にすると、ふと海斗の言った〝AI婚活〟を思い出した。きっとAIで分析したら、杏奈さんと織部さんは〝成立の見込みなし〟で、紹介されることはないんだろうな……。

「今日はもう看板にします。私も一杯いただきますから、皆さん、ゆっくりしていらして下さいね」

恵は自分用のグラスに喜久酔を注ぎ、目の高さに掲げた。

翌週の火曜日、店を開けて早々、佐那子と新見がやってきた。

「いらっしゃいま……」

恵はハッと息を呑んだ。佐那子の右手からギプスが消えている。

「まあ、おめでとうございます！」

「今日、病院へ行ってきたの。やっと外れたわ」

佐那子は晴れやかに笑い、右手をひらひらと振ってみせた。新見と並んでカウンターに腰を下ろし、恵を見上げる。

「この前のスペインのスパークリングワイン、あるかしら？」

「はい、冷えてますよ」

「じゃ、まずはそちらをグラスで」

「僕も同じものを」

恵はおしぼりを手渡してから、冷蔵庫を開けてカバの瓶を取り出した。

「お気に召していただいたようで、ありがたいです」

今日の大皿料理は、スペイン風オムレツ、ラタトゥイユ、ナスの揚げ浸《びた》しカレー風味、カプレーゼ、空豆。

スペイン風オムレツにはプチトマトとジャガイモ、グリーンピースを入れてあるので、切り口の彩りがきれいだ。ナスはカレー粉を加えたつけ汁に浸《つ》けるだけで、いつもの揚げ浸しがひと味違ってくる。カプレーゼはトマトとモッツァレラチーズを重ねた一種のサラダで、日本にもすっかり定着した。今日はオリーブオイルと塩・胡椒を振り、バジルの葉を散らしてある。

「全部美味しそうねえ。でも、せっかくのカバだから、オムレツとカプレーゼをいただこうかしら」

「それじゃ、僕はラタトゥイユとナスを」

料理を皿に取り分けて出すと、佐那子は今日もバッグから楽々箸を取り出した。しかし、左手ではなく右手に持った。

「もう、お箸も使えるんですね」

「まだ完全じゃないけど。でも、あの煩《わずら》わしさから解放されて、清々《せいせい》したわ」

佐那子は楽々箸でオムレツをひと切れ挟む。

「うん、美味しい。カバに良く合うわ」

「同じ国の料理と酒は相性が良いんだろうね。刺身と日本酒とか」

新見が壁のホワイトボードを見上げた。

本日のお勧め料理は、カワハギ（刺身またはカルパッチョ）、鰯の梅煮、トリ貝のぬた、シシトウの串焼き、季節野菜の天ぷら。

「カワハギはカルパッチョも胆《きも》はつくの？」

「はい。ソースに混ぜてあります」

「じゃあ、刺身とカルパッチョで」

佐那子も一緒にホワイトボードを見上げた。

「鰯の梅煮はよろしいの？　あなたの大好物でしょ」

「もちろん、いただく」

「恵さん、シシトウ焼きとぬたもね」

「はい、かしこまりました」

カワハギには胆醤油が定番だが、恵はカルパッチョには敢えて醬油を使わない。オリーブオイル、ワインビネガー、塩・胡椒とつぶした胆、擂《す》り下ろした玉ネギ、粒マスタードを混ぜてソースを作り、薄切りにしたカワハギに載せる。淡泊《たんぱく》なカワハギの身は胆をまとうことで濃厚な旨味を獲得するが、玉ネギのピリリとした辛味《からみ》が脂《あぶら》を引き締め、もたれず軽快だ。

「お待たせ致しました」

「まあ、ステキ！」

佐那子が歓声を上げた。刺身は黄色と緑の色味の織部風の皿に、カルパッチョはガラス製の皿に盛り付けてある。

佐那子はカルパッチョに、新見は刺身に箸を伸ばした。一口食べると二人は頷き合い、カバのグラスを傾けた。

恵は不意に、この二人にＡＩ婚活について聞いてみたいと思い付いた。

「あのう、つかぬことを伺いますけど、ＡＩ婚活ってご存じですか？」

案《あん》の定《じょう》、佐那子と新見は不審な顔で首を傾《かし》げた。

「ＡＩ、つまり人工知能が仲人さんを務めて、価値観の近い男女を紹介するシステムです。カップルの成婚率はとても良いらしいです」

恵は海斗から聞いた話を繰り返した。

「何となく分かったような気もするけど、今までの結婚相談所のシステムに比べて、どこがそんなに優《すぐ》れてるのかしら？」

佐那子は話が呑み込めていないのか、問いかけるように新見を見た。新見は腕組みをして考え込んでいる。

「これは新聞の受け売りですけど、従来のシステムはプロフィール中心で、出身地、職歴、学歴、趣味、年収などで好みの相手を検索しています。そうすると、これまでの人生のどこかで接点がない相手には関心を持ちにくいんだそうです。でも、ＡＩ婚活の場合は価値観について詳しく調査した上で、どんな価値観のカップルが結婚に至ったかを分析しているので、それと似た価値観のカップルは結婚する確率が高いと、そういうことらしいです」

「価値観ねえ。それをＡＩに判断してもらうって、どうなのかしら」

佐那子は納得出来ない顔で眉をひそめた。

「確かに、分かるような気はしますよ。離婚の理由でも価値観の相違は多いというし。しかしねえ……」

新見は腕組みをしたまま首をひねる。

「ただ、価値観が同じ男女ばかりが巡り会うというのは、何となくつまらないように思うんですよ。異質な存在と出会うからこそ、思いがけない化学反応が起きるんじゃないでしょうか」

「仰ること、よく分かります。私もこの話を聞いたときは、キチンと路線が決まりすぎていて、既成のジグソーパズルを嵌《は》めていくような気がしたんです」

「そうそう。何となく、味気ないのよね」

佐那子はグラスを取り、カバの残りを呑み干した。

「ところで恵さん、二杯目のお酒は何がよろしいかしら？」

「今日でしたら、醸し人九平次《かもびとくへいじ》の純米吟醸は如何《いかが》ですか？　繊細な味わいで、お魚にも野菜にも合いますよ」

「じゃあ、それを一合。グラス二つで」

新見も空になったグラスを置き、しみじみとした口調で言った。

「僕が一つ気になるのは、ＡＩが分析しているのがすべて過去のデータだということです」

恵も佐那子も真剣に耳を傾けた。

「人間は変われると思うんです。成長すると言ってもいい。もちろん〝三つ子の魂百まで〟ということわざはありますよ。しかし、二十歳《はたち》のときと三十、四十のときでは、価値観も変化してるんじゃないでしょうか」

新見は佐那子に目を向けた。

「僕は妻に先立たれ、六十を過ぎてから佐那子さんと出会った。そして幸いなことに互いを伴侶《はんりょ》とすることが出来た。しかし、時々考えるんですよ。もし二十代で出会っていたら、自分は果たして彼女にプロポーズ出来ただろうか、と」

新見は悩ましげに目を伏せた。

「おそらく、出来なかった」

「何故でしょう？」

恵の問いに、新見はふっと寂しげな笑《え》みを漏らした。

「二十代の僕は今よりずっと自信がなかった。学識も浅く、実績も乏《とぼ》しかったからです。それは当然です。そして当時の彼女は、今以上に美しく華やかだったでしょう。僕は萎縮《いしゅく》して、そばによる勇気もなかったに違いない。むしろ手の届かない存在に対して、嫉妬《しっと》混じりに敵意を抱いたかも知れません」

新見の言葉が、今の恵にはすんなりと腑《ふ》に落ちた。

若さとはある意味コンプレックスの塊なのだ。そして神経過敏で自意識過剰で、つまらないことで傷ついてしまう。

年を取るにしたがって記憶力は衰え、神経は鈍《にぶ》くなっていく。不自由なことは沢山あるが、それは言い換えればイヤなことを忘れ、つまらないことに傷つかなくなることだ。その分、若い頃より生きるのが少し楽になる。

「今だから自分の気持ちに素直になれたんです。佐那子さんを好きになり、伴侶にしたいと望み、その気持ちを表に出す勇気を持てた。若い頃なら断られるのが恥ずかしくて、声をかけることも出来なかったと思う」

「ありがとう、圭介さん」

佐那子はそっと新見の腕に触れた。

「私も同じ。若い頃の私には、あなたの素晴らしさが理解出来なかったでしょう。あの頃の私が男性に求めたのは、私のためにどれだけお金を使ってくれるか……バカよね。今思えば本当に愚《おろ》かだった。それに気がついただけでも、年を取って良かったわ」

佐那子は愛おしむような眼差しを新見に向けている。

恵は佐那子の経歴は知らないが、並外れた美女だったことは見れば分かる。七十代半ばのはずだが、今も美人だ。これで五十歳マイナスしたら、どれほど美しいだろう。

恵が女子大生の頃は、バブル真っ盛りの時代だ。あの頃、女子大生は容姿端麗《ようしたんれい》というだけで、同年代の男子学生から〝おじ様〟まで、幅広い年代の男性にチヤホヤされた。占いの道に入った恵はその方面にはまるで縁がなかったが、同級生の一人は土地成金の愛人になって、マンションを買ってもらったと噂《うわさ》されていた。

佐那子もきっと容姿端麗ゆえに、人より恵まれた経験をしたのだろう。しかし、佐那子は愚かにも高慢にもならなかった。人並み以上に慧眼《けいがん》で度量の大きな人間になった。もしかしたら新見も、若い頃の佐那子ではなく、今の佐那子だから心惹《こころひ》かれたのではないだろうか。

「もう、とろけそう」

醸し人九平次を口に含んだ佐那子が、うっとりと目を細めた。

「やはり生魚は日本酒が合うなあ」

胆醤油にカワハギの刺身を浸《つ》けて、新見が笑みを浮かべた。

「今、シシトウが焼けますから」

恵はガス台の前に立ち、シシトウを刺した串を裏返した。出汁醤油を塗っているので、醤油の焦《こ》げる香ばしい匂《にお》いが立ち上ってくる。

「こんばんは」

入り口の戸が開いて、田代杏奈が入ってきた。

「いらっしゃいませ。どうぞ、お好きなお席に」

「この前久しぶりに来たからか、また牛スジが食べたくなっちゃって」

杏奈はカウンターの端に腰を下ろした。

「お飲み物は何にしましょう？　この前のスパークリングワインもありますけど」

「まずは小生」

杏奈はカウンターの大皿料理を眺めた。

「美味しそうなものばかり並んでるわね。迷っちゃう」

「そう仰っていただけると、作った甲斐《かい》があります」

「五百円で全部載せ、とかないですか？」

「あ、それ、いただき！」

恵は、生ビールの小ジョッキを杏奈に差し出す。

「今から始めることにします」

「ママさん、ノリが良いわ」

杏奈は生ビールを一気に半分ほど呑み、ジョッキを置いた。

「プハ〜！　生き返る！」

恵は、普段はおでんを盛る皿に、大皿料理を少しずつ載せていった。それぞれお通しの半分くらいの量だ。

「色々食べられるって、嬉しいわよね」

「女子には特に」

恵は焼き上がったシシトウを皿に移し、佐那子と新見の前に置いた。

「男子もですよ」

新見は声を潜《ひそ》めて恵に告げた。

「失礼致しました」

恵も小さな声でそっと答えた。

そこへもう一人、新しいお客さんが入ってきた。

「あら、いらっしゃいませ！」

恵の声につられて杏奈が後ろを振り向いた。瑠央の担当編集者、織部豊だった。

互いの顔が見合った瞬間、杏奈は喉の奥で「ゲッ」とうめき、豊も「グッ」と言いそうな顔になった。

「どうぞ、お好きなお席に」

左側に佐那子と新見のカップルが座っていたので、豊は杏奈と新見の間に腰を下ろした。

「早速に二度目のご来店を賜《たまわ》りまして、ありがとうございます」

恵が軽く頭を下げてからおしぼりを手渡すと、豊は照れたようにパタパタと片手を振った。

「この前、おでん美味しかったんで」

飲み物は杏奈と同じく生ビールの小ジョッキだった。

「ええと、お通しはこの中から二品選ぶんでしたよね？」

豊はカウンターの大皿を指さした。

「はい。でも今日から新メニューが出来ました。全部載せ五百円です」

「そりゃいい。全部載せ下さい」

「先ほど、こちらの杏奈さんの提案で始めました。出来立てのほやほやです」

恵が大皿料理を取り分けながら言うと、豊は意外そうに眉を吊り上げて杏奈の方を見た。

「アイデアウーマンですね」

「それほどのもんじゃありませんよ」

褒められて悪い気はしないらしく、杏奈の口角は上がっていた。

「恵さん、おでん下さいな」

佐那子が声をかけた。新見と二人でお勧め料理はほとんど平らげていた。

注文を受けて皿に盛り付けるおでんを、杏奈が目で追った。

「ママさん、私もおでんお願いします。大根、コンニャク、牛スジ、葱鮪、つみれ」

豊はお通しをつまみながら、恵が菜箸で挟むおでんを眺めて言った。

「この前も同じもの食べませんでした？」

杏奈はコンニャクにかぶりついて頷いた。

「これが、ここのおでんで一番美味しいから」

豊はスペイン風オムレツを口に放り込み、生ビールをあおった。

「おでんは種類が多いから、色々食べるのが楽しいんですよ」

そして恵を見上げた。

「おでん下さい。ちくわぶ、新じゃが、卵、がんもどき。それと、僕も牛スジと葱鮪」

杏奈がジョッキを傾けてビールを呑み干した。

「織部さんだって、今日もちくわぶ頼んでるじゃない」

「ちくわぶは外せませんよ。僕の恋人ですから」

「ちくわぶが恋人って寂しくない？」

「全然。見た目は地味でも、誠実で一途《いちず》。『源氏物語《げんじものがたり》』の末摘花《すえつむはな》みたいだと思いませんか？」

末摘花は容色は〝残念〟だったが、都を追われた光《ひかる》源氏の帰還を、貧乏に耐えながら待ち続けた一途な女性である。

杏奈はわけが分からず目をパチクリと瞬いた。おそらく『源氏物語』のさわりを教科書でしか読んだことがないのだろう。恵の年代だと、大和和紀《やまとわき》のマンガ『あさきゆめみし』で『源氏物語』がブームになり、国文科に進学する女子学生もいたと言われたものだが。

杏奈は、空のグラスを持ち上げて言った。

「ママさん、お酒下さい。この前の日本酒、何て言ったっけ？」

「喜久酔ですね」

「二合、冷やで」

ちくわぶを千切っていた豊が箸の動きを止め、恵を見上げた。

「日本酒、他に何かありますか?」

「醸し人九平次の純米吟醸がございます。呑みやすくて、おでんにも合いますよ」

「それ、二合下さい」

二人の遣り取りが続くうちに、佐那子と新見はおでんを食べ終え、帰っていった。

恵が会計をしている間に、二人の会話は名前の由来に移ったようだ。

豊は割箸でちくわぶを挟むと、杏奈を見た。

「田代さんはどうして杏奈という名前になったんですか?」

「多分、うちの母の名前が環奈《かんな》だからだと思うわ」

「あ、そっちですか」

豊は小さな笑い声を立てた。

「僕はご両親が、外国風の名前が好きなのかと思ってました。思い込みは発想を狭《せば》めるなあ」

「織部くんはどうして豊になったの？　もしかしてご両親が尾崎《おざき》豊のファンだったとか」

豊は大きく目を見開いて杏奈を見た。

「どうして分かるんですか？」

「えっ？　嘘！」

杏奈も目を丸くしている。当てずっぽうで言っただけなのに的中したらしい。

「両親はどっちも尾崎のファンで、コンサートで知り合って結婚したんです。僕がお腹《なか》の中にいるときに尾崎が亡くなったんで、それで僕に同じ名前を付けたんですよ」

「……信じらんない」

杏奈は喉の奥で呟《つぶや》いた。

「僕は子守歌代わりに尾崎のＣＤを聴いて育ったんで、楽曲は全部歌えますよ。まあ、僕はオンチなんで、誰も尾崎の歌だと分かってくれないですけど」

「あのう、失礼ですけどご両親はおいくつですか？」

「父は五十四、母は五十二です。両親、学生結婚なんです」

杏奈はデカンタからグラスになみなみと喜久酔を注いだ。

「ご両親は今でも尾崎の歌がお好きなんですか？」

「そりゃそうですよ。両親の青春時代のテーマソングみたいなもんですからね。今じゃもう懐《なつ》メロだけど」

「織部さんも好きですか？」

「子守歌ですからね。特に好きなのが……」

豊は尾崎豊の曲らしきメロディーを口ずさんだが、本人も認める通りひどいオンチで、曲を思い浮かべるのが難しかった。

恵は必死に笑いを堪《こら》えたが、杏奈はにこりともしなかった。歌が終わると喜久酔を景気づけのようにガブリと呑んで、口を開いた。

「ハッキリ言って、尾崎豊の歌の歌詞って、被害者意識と自己憐憫《れんびん》の塊よね」

低い声でズバリと言う。恵は一瞬あわてたが、豊はちょっと困ったように眉をひそめただけだった。

「まあ、そういう見方もありますよね。僕なんかはそこが甘い感じで好きなんですけど」

「甘いのと甘ったれてるのは違うわ」

またしても刺すような鋭い口調だった。

「大学のときの心理学の講師が尾崎のファンで、講義で歌詞をプリントで配ったことがあるの。若者の行き場のない心情が表現されているとか何とか言って。私達、つい笑っちゃった。あまりに甘ったれてて、子供みたいで。そうしたら講師がキレちゃって、その授業、単位落とされそうになって。もう、尾崎も尾崎のファンも最低だって、呆《あき》れ返ったわ」

よほど頭にきたことだったのか、忌々《いまいま》しげに口元を歪《ゆが》めた。

「それはひどい話ですけど、別に尾崎とは関係なくて、その教師がひどいんじゃないですか？」

一方の豊は、むしろのんびりした口調で答える。それが癪《しゃく》に障《さわ》ったのか、杏奈はますます語気を強めた。

「中学生や高校生が共感するのは分かるわ。でもいい大人が、あの被害者意識と自己憐憫に満ちた歌詞に共感するのが理解出来ない。大学生だって笑っちゃうのに、どういう神経なの」

「まあ、音楽って理性じゃなくて感情だから。しょうがないですよ、これぱっかりは」

豊は降参するように両手を広げた。

恵は心から感心した。杏奈は傍から見れば、豊にからんでいると言ってよい。しかし少しも腹を立てず、イヤな顔もせず、あくまで穏便《おんびん》に場を収めようとしている。まだ三十にもなっていないのに、人間が出来ている。

「歌詞で言ったら杏奈さん、演歌だってひどいもんよ。昔、誰かが〝酒と涙と別れと波止場《はとば》〟の順列組み合わせだって批判してたもの」

恵が言葉を添えると、豊は嬉しそうに頷いた。

「演歌の歌詞に出てくるような女性は、現実にはいませんよね」

「帰ってこない男を待ち続けたり、着てはもらえぬセーターを編んだり。あれは多分、演歌の作詞家が男だからじゃないかしら」

「男の幻想ね。現実の世の中は、別れた相手をストーキングするのはほとんど男なのに」

杏奈はそう言って喜久酔のグラスを傾けた。やっと尾崎問題から抜け出したらしい。

豊は茹で卵を頬張《ほおば》ったが、大きすぎたのか、たちまちむせた。

「織部さん、大丈夫?」

杏奈は席を立って豊の背中を軽く叩いた。

「はい、お水！」

恵は水のグラスを差し出した。豊は片手で拝《おが》んでからグラスを受け取り、ゆっくり水を飲んだ。

「ああ、どうも」

豊は恵と杏奈に頭を下げた。

「卵は好きなんですけど、食べ方がヘタで」

杏奈はからかうように言った。

「ちくわぶでもむせる？」

「いや、あれは大丈夫。しっとりしてますから」

恵は二人の遣り取りを聞きながら、やれやれと思った。どこまでも価値観の違う二人は、数学でいうところの〝ねじれ〟の関係のように、永遠に交わることはないのかも知れない。

とはいえ、二人はまるで打ち合わせたかのように同時におでんを食べ終わり、並んで店を出て行った。

その日も何とか客席は一回転し、そろそろ店仕舞いしようかと思っていると、新しいお客さんが入ってきた。

「こんばんは。いいかしら？」

「もちろんですよ。どうぞ、どうぞ」

常連の一人、大友《おおとも》まいだった。児童養護施設「愛正園《あいせいえん》」の事務職員で、四谷のマンションで暮らしている。来店は半月ぶりだ。以前は週に二度ほど来てくれていたのだが、最近は少し足が遠のいている。

まいはカウンターの真ん中に腰を下ろし、店内を見回した。

「ごめんなさいね。長居しないで引き上げるから」

「どうぞお気遣いなく。看板にして、私も呑んじゃいますから」

まいは生ビールの小ジョッキを注文した。

「ええと、お通しは……」

「新メニューで、五百円で全部載せを始めたんですよ」

「あら、いいわね。いただくわ」

「そういえば英会話教室、続けてらっしゃるんですか？」

あれは今年の初めだったか、若い人に交じって勉強していると、楽しそうに話してくれた。

「もちろん。最近はEテレの英会話講座も見てるのよ」

「まあ、ご熱心ですね」

勉強に忙しくて、めぐみ食堂に来る暇もないのかも知れない。

まいはお通しをつまみながらビールを呑むと、ジョッキを置いて恵を見上げた。

「あのねえ、私、新しいこと始めたの」

声に、ちょっと自慢するような響きがあった。

「何でしょう」

「これ」

まいはバッグからスマートフォンを取り出し、画面を開いて恵に見せた。海岸の風景写真の下に英語が並んでいる。

「ＳＮＳ」

「え？」

「英会話のレッスンは楽しいけど、最近は記憶力もめっきり衰えたし、週二回じゃどうにも覚束《おぼつか》なくて。でも、先生が勧めてくれたフェイスブックをやってみたらこれがまあ、びっくり。私の拙《つたな》い英語でもちゃんと通じるのよ」

「まあ」

恵はすっかり感心して、画面とまいの顔を見比べた。

「すごい。ちゃんと英語でコミュニケーション出来るんですね。ものすごい進歩じゃありませんか」

まいが英会話を始めたきっかけは、駅で外国人に英語で道を尋ねられ、まったく答えられなかったからだと言っていた。

「でも、よくフェイスブックとか登録出来ましたね。私、ほとんどのアプリはショップの店員さんに頼んで入れてもらったくらいで、全然ダメですよ」

「あら、私だって同じよ。英会話教室の先生が入れてくれたの。若い人って、みんなスマホに詳しいのよねえ」

まいは謙遜しつつも嬉しそうに答えた。

「面白い人なのよ。外国人だけど日本語ペラペラで。今度、お店に連れてくるわ」

「それはありがとうございます」

恵はふと、まいが以前、当時婚活中だった佐那子に誘われて、一緒に婚活をしていたことを思い出した。

「まいさん、最近は婚活はされてないんですか？」

「ええ。英会話の方が面白くなっちゃって」

「実は、最近ＡＩ婚活って流行《はや》ってるんですよ」

「何、それ？」

まいは夫を亡くした未亡人だが、まだ六十代前半だ。猫カフェで知り合って一緒に婚活をしていた佐那子が新見と再婚してからは、婚活より英会話に関心が移ってしまったが、まいが新しい伴侶と出会う可能性は十分にある。

「あのね、ＡＩ、つまり人工知能が仲人をするシステムなんですよ」

恵は熱心にＡＩ婚活について説明を始めた。もしかしたら、まいの役に立つかも知れない……。

時刻は十一時を過ぎ、しんみち通りは静かに更《ふ》けていった。

二皿目

BBQ《バーベキュー》で縁結び

いる。

日曜日の浅草《あさくさ》花やしきは、家族連れとカップルで賑《にぎ》わっていた。さして広くない敷地に、各種アトラクションや縁日《えんにち》コーナー、飲食店舗などが所狭しと建て込んでいる。

いかにも下町の遊園地という感じがして、恵《めぐみ》はレトロ心をくすぐられた。

幼い頃、両親に連れて行ってもらったデパートの屋上を彷彿《ほうふつ》させる光景だ。その頃の大きなデパートは屋上が子供向け遊園地になっていて、小さいながらも回転するコーヒーカップやメリーゴーランド、観覧車、ジェットコースターなどの遊戯施設があったものだ。子供心に、家族でデパートに行くのは、買物ではなくテーマパークに行くような気分だった。

ここ花やしきは日本で最初の遊園地で、誕生したのは一八五三年というから嘉永《かえい》六年……江戸時代だ。もっとも初めは遊園地ではなく、牡丹《ぼたん》と菊細工《きくざいく》を主体とした植物庭園で、茶人や俳人、大奥女中などの憩《いこ》いの場だったという。

今日、恵は児童養護施設「愛正園《あいせいえん》」の子供達四人を伴っている。

ちょっとした行きがかりで年に二、三回、子供達をレクリエーションに連れて行くようになった。早いものですでに一年。学齢前だった子供達は四月に小学校に入学し、〝ピカピカの一年生〟だ。

「まず、乗り物に乗ろうか」

「うん！」

四人の名前は江川大輝《えがわだいき》と、新《あらた》、凜《りん》、澪《みお》。

恵は、大輝以外の子供の姓を知らない。それだけでなく、愛正園に保護されるようになった経緯も知らない。しかし、園長をはじめとする職員の誠実な働きに支えられ、みんな明るく元気に育っている。恵にはそれで十分だった。

「まずはローラーコースターよ！」

子供達に向かって、花やしき最古のアトラクションを指さした。昭和二十八（一九五三）年に完成したこのジェットコースターは、スピードや傾斜は他の遊園地のジェットコースターに遠く及ばないが、〝古さ〟を武器に「恐怖がスピードを超えた！」というキャッチフレーズで人気を博した過去がある。今も一番人気で、休日の昼間は一時間待ちになることも少なくない。

恵は子供達とローラーコースターの列に並んだ。

幸い昼時だったので、二巡目で乗ることが出来た。係員が、お客を二人ひと組でローラーコースターの座席に乗せてゆく。恵は子供達の後ろの席に、よその家族の父親と並んで座った。

ローラーコースターが動き出した。上下しつつ園を一周するのだが、上りコースでは正面に東京スカイツリーが見える。するとガタガタと振動が伝わってきて「恐怖がスピードを超えた！」を実感出来る。下りに入ると、おばさんの股下《またした》を通り抜けたり、夕ご飯を食べている茶の間を踏み越えたりと、ベタな演出が楽しめる。

今時の〝超高速〟〝急降下〟〝連続大回転〟が売り物のジェットコースターに慣れた若者には物足りないかも知れないが、穏《おだ》やかでコミカルな花やしきのローラーコースターでも、恵には十分スリリングだった。

前に座る大輝と新、凜と澪に目を遣《や》ると、四人とも楽しそうにキャッキャと歓声を上げている。

コースターを降りると、子供達は早くも次のアトラクションを探して周囲を見回した。

「メグちゃん、次、あれ乗ろう！」

大輝が指さしたのはディスク・オーというアトラクションで、事前に調べた資料には上昇回転型ライドと説明されていた。円盤形の台が回転しつつ、ゆるいU字軌道の上をスライドする構造で、お客は台をぐるりと囲んで座る。

ディスク・オーを見上げただけで、恵は目が回りそうになった。身長百二十センチ以上という注意書きにも、このアトラクションの「スリルとスピード」の強烈さが表れている。

「あれは手強《てごわ》そうだから、最後の方に取っておこうよ。まずは簡単なのから攻めてみない？」

恵はやんわり言って、プールに浮かぶスワンを指さした。白鳥型の回転ボートで、スリルはないが、そこが良い。

男の子の大輝と新はちょっと不満そうに口を尖《とが》らせたが、凜と澪は目を輝かせた。

「スワン、乗ろうよ！」

恵と子供達はスワンの前で列に並んだ。長いこと待たされずにすぐに順番が来るのが嬉《うれ》しい。

白鳥型のボートは支柱に固定されて、プール上を一定の速度で回転する。恵は前に座った大輝と新の後頭部を目の隅《すみ》で眺《なが》めながら、本日のスケジュールを頭の中でおさらいした。

三時に花やしきＢＢＱガーデンを予約してあるので、それまでに乗り物系アトラクションを体験して、「花やしき一座」のショーを鑑賞する。

バーベキューの後は縁日コーナー、各種お化《ば》け屋敷、3Dシアター、4D王等々、専《もっぱ》ら〝見学〟主体のアトラクションを楽しんで、六時に花やしきを出て、愛正園に帰る。お終《しま》い。

スワンから降りると、午後一時が近づいていた。ショーが始まる。恵は子供達を連れてステージのある方へ急いだ。

花やしき一座のショーは大人気で、ステージ前は見物客でいっぱいだった。派手なメイクとカラフルな衣装を身にまとった俳優陣は力のこもった熱演で、大人も十分に楽しめた。もちろん、子供達は大満足だった。

「メグちゃん、お腹空《す》いた」

ショーが終わってステージの前から離れると、凜が恵のチュニックの裾《すそ》を引っ張った。施設内の飲食店を見ているうちに、食欲を刺激されたのだろう。

「クレープとたこ焼きとパンダカーラーメンとハンバーガー、どれにする?」

「クレープ!」

凜と澪が声を揃《そろ》えた。女子は小学生でもクレープが好きらしい。

「大輝くんと新くんはクレープで良い? ピザチーズトッピングもあるけど」

花やしきにはマリオンクレープのテナントが入っていて、メニューは常時二十種類以上ある。

「しょうがねえな。バーベキューが待ってるし」

新が同意を促《うなが》すように肩をすくめると、大輝もすぐに頷《うなず》いた。

「僕もクレープでいいよ」

「偉いぞ。二人ともレディ・ファーストだ」

恵は大輝と新の頭をなでた。

大輝はシングルマザーの母親に育てられたが、不幸にして母親は交通事故で世を去った。その後は母親の姉に引き取られたが、伯母《おば》は悪事が露見して姿をくらませた。こうして天涯孤独《てんがいこどく》の身になった大輝は、真行寺巧《しんぎょうじたくみ》の後見《こうけん》で愛正園に保護され、現在に至っている。

大輝の母と生前に交流があった真行寺は、その身の上に同情したことから事件に巻き込まれたりしたが、それをきっかけに「袖《そで》振り合うも多生《たしょう》の縁」と感じて、大輝の後見をする決心をしたようだ。

真行寺は、丸真《まるしん》トラストという大手不動産賃貸会社を一代で築いたオーナー経営者であり、恵の大恩人だ。もらい火で焼け出された恵が、再び同じ場所で店を開くことが出来たのも、すべては真行寺の厚意による。

何故《なぜ》真行寺が恵を援助してくれるかというと、恵の占いの師だった尾局與《おつぼねあたえ》が、真行寺の命の恩人だったからだ。遺言《ゆいごん》で恵のことを託《たく》され、義理堅く守ってくれた。だから恵も、真行寺の頼みには必ず応えることにしている。

子供の苦手な真行寺に「月に一度の面会に、めぐみ食堂を貸してくれ」と頼まれ、断れなかった。

二度、三度と大輝に会ううちに親しくなり、愛正園で大輝と仲の良い同い年の友達三人も一緒に、苺狩《いちごが》りにも連れて行った。そのときの子供達の嬉しそうな顔が心に沁《し》みて、年に何回か、四人まとめてレクリエーションに連れて行くようになった。

大変と言えば大変だが、決してイヤではない。子供がなく、家族と呼べる人もいない今の恵には、子供達と触れ合う機会がない。たまに会う子供達の言動は新鮮で、時に慰《なぐさ》められることもある。若い頃は子供が嫌いだったのに、不思議なものだ。

クレープを食べ終わると、子供達は再びアトラクションに興味を移した。

「メグちゃん、次はあれ乗ろう!」

大輝が指さしたのはリトルスター。星形の小さな乗り物だ。淡い青やピンク色に塗られ、見た目は可愛《かわい》らしいが、実は「花やしき最強のアトラクション」だった。四人乗りの星形車はメリーゴーランドのように周囲を回りながら、タイヤのようにグルグル回転する。一見地味だが、実際に乗るとかなり怖いらしい。

「四人で乗ってらっしゃい。私は待ってるから」

恵は子供達と列に並んだが、乗車の順番が回ってくると、そう言って列から外れた。

大輝がリトルスターに乗ろうとして振り返った。

「もしかして、怖いの？」

恵は素直に頷いた。

「可哀想《かわいそう》に」

大輝は気の毒そうに呟《つぶや》いた。

「行ってらっしゃい！」

恵は大輝たちの乗ったリトルスターに手を振った。

実は恵は「ジェットコースター恐怖症」だった。幼い頃デパートの屋上で乗ったジェットコースターは大好きだったが、両親が遊園地を好まなかったので、普通の遊園地にあるジェットコースターを知らないまま成長した。そして高校生の頃、友人と後楽園《こうらくえん》ゆうえんちに遊びに行ってジェットコースターに乗り、恐怖で死にそうになった。

ジェットコースター以外でも、遊園地にある「回転系」「滑走系《かっそう》」のアトラクションはすべて恐怖しか感じられなかった。花やしきのローラーコースターで限界なのだ。

もしかして常人より三半規管《さんはんきかん》が弱いのかも知れないが、人生でどうしてもジェットコースターに乗らなくてはならない場面はありそうもないので、気にしていない。

「おかえり！」

「ただいま！」

リトルスターから降りてきた子供達は全員元気で、誰もふらついていない。今度こそディスク・オーに乗るとはしゃいでいる。楽しめるアトラクションが多いのは、結構なことだ。

「いいわよ。でも、私は怖くて乗れないから、四人で乗ってね」

「うん」

四人とも素直に頷いて、無理強《むりじ》いなどしない。子供ながらに他者を思いやれるのは、かつて辛《つら》い経験をしたせいだろうか。

いくつか乗り物系アトラクションを乗り継ぐうちに、午後三時五分前になった。

「じゃあ、そろそろバーベキューに行こうか」

恵は子供達を促して、ＢＢＱガーデンに移動した。

すでに三時だというのに、恵たち以外にもお客がいた。場所は屋内にあって雨に濡《ぬ》れる心配もなく、食材は店が用意してくれるから手ぶらで来られる。大人も子供も料金は一人二千五百円で、利用時間は六十分。手軽にバーベキューを楽しめるスポットとして人気がある。

恵は厚切り肉をトングで挟《はさ》み、次々に焼き網の上に載せた。先に来ていたお客の焼き台からは、肉の焼ける煙と香りが立ち上り、こちらに流れてきた。

「苺狩りのときも、バーベキューやったよね」

新が恵を見上げて言った。去年のゴールデンウィーク、恵は初めて四人を連れて千葉県にある苺農園へ苺狩りに行ったのだった。

「覚えてる？」

新も大輝も凛も澪も、一斉《いっせい》に頷いた。

言わずもがなのことを言ってしまったと、恵は少し悔《く》やんだ。

四人とも家族と離れ、あるいは家族を失い、単身で施設に保護されている。苺狩りなど生まれて初めてだったろう。家族に恵まれた子供が当たり前のように経験するすべてのことが、四人にとっては忘れがたい想い出になる。

「あそこの苺農園はね、今、赤ちゃんが生まれて大変なのよ。来年の春に、またみんなで行こうね」

「うん！」

子供達は目を輝かせた。

それを見て、絶対に口約束で終わらせてはならないと恵は肝《きも》に銘《めい》じた。出来もしない約束をすること、実現しないと分かっているのに期待を抱かせること、それがどれほど子供の心を傷つけるか、愛正園の子供達と出会って、身に沁みて感じるようになった。

一時間後、バーベキューは終了し、一行は再びアトラクション巡りに戻った。

縁日コーナーでは、射的《しゃてき》「的当てバンバン」、輪投げ「リングポイポイ」に挑戦し、お化け屋敷をハシゴした。

花やしきのお化け屋敷は和風と西洋風、そして３Ｄの音響効果を楽しむ「ゴースト の館《やかた》」の三種類がある。

和風のお化け屋敷は「桜の怨霊《おんりよう》」をテーマにした古典的な作りで、歩いて行く形式、西洋風の「スリラーカー」は二人乗りの車で屋敷内を回る形式、そして「ゴーストの館」はヘッドフォンを装着して視覚と音響、両方からの刺激を楽しむ形式だった。

最後はスカイプラザに上った。屋上から花やしきの全景が一望出来る。

しかし、屋上で一番目立つのは、「ブラ坊大権現《だいごんげん》」と書かれた神社のような小さな建物だった。社《やしろ》の中には真ん中に、注連縄《しめなわ》を巻いた玉ネギのような像が祀《まつ》られている。実はこれは玉ネギではなくて球根で、ご神体なのだった。

〝求婚は球根におまかせ～！〟

恵は説明書きを読んで吹き出した。

「〝花やしきの神様ブラ坊さん〟ですって。芽をなでると良縁に恵まれ、腰をなでると玉《たま》の輿《こし》に乗れる……」

そういえば、下の階に願い事を書く紙が置いてあった。

「メグちゃんは玉の輿だね」

澪が真面目《まじめ》な顔で言った。

「私はもういいわ。澪ちゃんと凜ちゃん、腰の注連縄をなでて、玉の輿に乗ってね」

澪と凜は、大はしゃぎで腰の注連縄をぺたぺたとなでた。

新はつまらなそうにフンと鼻を鳴らし、大輝に言った。

「俺たち、関係ないよな」

「あら、そんなことないわよ。良縁って、出会いのことよ。新くんも大輝くんも、将来ステキな人と出会えるように、芽をなでてらっしゃい」

恵に背中を押されて、新と大輝は渋々《しぶしぶ》「ブラ坊さん」の芽に指で触れた。

そろそろ閉園時間が迫っていた。

「帰りに浅草の観音《かんのん》様を拝《おが》んでいこうか？」

浅草寺《せんそうじ》は通りを隔《へだ》ててすぐである。

「うん！」

花やしきは小さな遊園地なので、すべてのアトラクションを体験しても三時間ほどで回れる。バーベキューとショーを合わせて六時間というのは、子供達を世話する恵にも負担が少なく、ちょうど良い行楽になった。

恵と子供達は花やしきの浅草門を出て浅草寺の境内《けいだい》に入り、本堂に向かって歩いた。

すでに夕方でもあり、仲見世《なかみせ》通りに比べると人の数は少ない。参拝を済ませたらしい男女がこちらに向かって歩いてきた。

と、五メートルほどの距離で女性が足を止めた。息を呑《の》むように口を半分開け、目を大きく見開いて、凍《こお》り付いたように動かない。今にも倒れそうだ。それに気がついた連れの男性が、あわてて肩に手を回して女性を支えた。

恵も子供達も、その様子を訝《いぶか》しみながらも、二人を避《よ》けて通り過ぎようとした。

「かがり！」

女性が叫んだ。悲痛な、胸に刺さるような声だった。

恵も子供達も、思わず女性を振り返った。

「よしなさい……」

男性の制止を振り切って、女性が新に駆《か》け寄った。

「かがり！」

女性は参道に膝《ひざ》をつき、新を両手で抱きしめた。

「あの、ちょっと……」

恵が女性の肩に手を置くのと同時に、男性が背後から女性に抱きついて、新から引き離そうとした。

「人違いだ、伊万里《いまり》。この子は篝《かがり》じゃない」

女性の腕から力が抜け、ガックリ肩を落としてその場にくずおれた。男性が労《いたわ》るように抱き寄せた。

新はびっくりして言葉を失い、ただ目を丸くしている。

「本当に申し訳ありません。家内《かない》が混乱して、ご迷惑をお掛けしました。坊や、驚かせてごめんね」

男性は恵と新に頭を下げてから、妻を抱き起こした。

夫婦らしき二人はどちらも四十代後半だろう。男性はTシャツにベージュの麻《あさ》のジャケット、女性は茶色のワンピース姿で、夫婦共に上質な品をカジュアルに着こなしている。顔立ちも品良く整っていて、妻がこんな突飛《とっぴ》な行動を取らなければ、どこから見ても〝ステキなご夫婦〟で通るのに。

「私達は決して怪しい者じゃありません。私は支倉《はせくら》と申します。建築の仕事をしています。彼女は妻の伊万里です」

支倉はジャケットから名刺入れを取り出し、一枚抜いて恵に手渡した。

「支倉設計事務所　一級建築士　支倉伸行《のぶゆき》」とあった。

伊万里は少し落ち着いたのか、バッグからハンカチを取り出して目頭《めがしら》をそっと押さえた。

「ごめんなさい。あんまりそっくりで、つい……」

しかし言葉は途中で途切れ、新たな涙が瞼《まぶた》から溢《あふ》れた。支倉はチラリと妻を見てから、恵に顔を向けた。

「失礼ですが、あなたはこのお子さん達の保護者の方ですか？」

「いいえ、正式な保護者というわけではないんです。込み入った事情がありまして」

恵は一瞬迷ったが、ショルダーバッグに入れた店の名刺を取り出し、支倉に差し出した。

「私、玉坂《たまさか》恵と申します。四谷《よつや》のしんみち通りでおでん屋をやってます」

支倉は恵と名刺を見比べた。

「この子達はある児童養護施設に入所しています。私はそこの関係者に頼まれて、たまにこうやって子供達を遊びに連れて行くんです。今日は花やしきに行った帰りでした」

「そうでしたか」

文倉は大事そうに恵の名刺をしまい、再び頭を下げた。

「本日は大変お騒がせして申し訳ありませんでした。今度お店の方にご挨拶《あいさつ》に伺わせていただきます。では、失礼します」

文倉は伊万里の背に片手を回し、支えるようにしながら歩き出した。仕草《しぐさ》にも顔の表情にも、妻を案じる気持ちが表れていた。

恵は伊万里という女性の深い悲しみを感じ取っていた。その悲しみが、伊万里も夫の文倉も不幸にしているらしい……。

「きれいな人だったね」

凜が誰にともなく言った。

「それに、優しそうだった。男の人も」

澪の声音《こわね》には憧《あこが》れのような響きがあった。自分にもあんな両親がいたら……と思っているのが、恵には分かった。もしかしたら他の三人も同じことを思ったかも知れない。

「今日はブラ坊さんにお祈りしたから、これから良いことがあるかもね」

恵は子供達の気持ちを引き立てようと、わざと明るい声で言った。

一年で一番日の長い季節だが、そろそろ日は陰り、夕闇《ゆうやみ》が迫っていた。

「あら、いらっしゃいませ」

翌日の月曜日、開店前の五時半にめぐみ食堂を訪れたのは、真行寺巧だった。

「昨日、どうだった？」

カウンターに腰を下ろしながら尋ねた。「気になるなら一緒に来ればよかったのに」と言いたいところだが、敢《あ》えて口にしなかった。真行寺が子供を苦手なのは、見ていて気の毒になるほどなのだ。

「楽しかったわよ。花やしきって良いわね、コンパクトで。半日遊ぶのにちょうど良いわ。ディズニーランドより近いし」

愛正園は足立《あだち》区の、ＪＲ北千住《きたせんじゅ》駅と京成《けいせい》本線千住大橋《せんじゅおおはし》駅の中間くらいにある。

「おでん、召し上がる？　まだちょっと味が染《し》みてないけど」

「いや、いい。それより明日、牛タン届ける」

「あら、いつもすみません」

子供達を一日遊ばせるお礼に、恵は高級和牛の牛タンをリクエストしている。これをおでんの汁で煮込むと〝和風ボリート〟になる。独自の発想だと自慢していたら、最近〝ボリートミスト〟が〝イタリアの肉おでん〟と呼ばれていることを知った。美味《おい》しいものは世界共通なのだろう。

「準備中だろう。俺に構わず仕事しろよ」

「では、お言葉《ことば》に甘えて」

恵は鍋に沸かした湯の中に枝豆を投入すると、タイマーのスイッチを押した。次にボウルに割った卵を菜箸《さいばし》でかき混ぜ、出汁《だし》と砂糖と醬油《しょうゆ》を入れた。

「それとね、一応ご報告しておきます」

恵は卵焼き器をガスの火にかけ、卵焼きを作りながら、浅草寺で出会った支倉夫妻との経緯を話した。

「名刺、いただいたの」

恵が支倉の名刺を手渡すと、真行寺は黒眼鏡《くろめがね》越しに眺めた。夜でも色の濃いサングラスをかけているのは、右瞼《みぎまぶた》の火傷《やけど》の跡を隠すためだ。

「知ってる？」

「名前だけは。支倉設計事務所は一流だ」

真行寺は名刺を返した。

「やっぱり。ご夫婦共にパリッとした感じだったわ」

恵は完成した卵焼きを大皿に移した。皿を卵焼き器にかぶせ、一気に裏返すのがコツだ。

「あのときの感じだと、小さな息子さんを亡くされたんだと思う。多分、新くんにそっくりの。それで奥さんが取り乱したのね。そんな話は聞いてない？」

「さあな」

タイマーが鳴った。恵は茹《ゆ》で上がった枝豆をザルに上げた。

「ブラ坊さんにお参りしたから、新くんに良縁が訪れたのかも知れない」

「何だ、それは？」

「花やしきにお祀りされてる神様。球根の形をしてるの。〝求婚は球根におまかせ〜！〟って書いてあった」

真行寺が唇をへの字に曲げた。笑いたいのを我慢しているらしい。

「腰に注連縄が巻いてあるの。芽をなでると良縁に恵まれ、腰をなでると玉の輿ですって」

「当然、腰をなでてきたんだろうな」

「今更《いまさら》玉の輿なんか面倒臭《めんどうくさ》くて、真っ平ですよ」

「婆《ばあ》さんになってからあわてても遅いぞ」

「残念でした。婆さんって、結構相手に恵まれるらしいわよ。爺《じい》さんは難しいらしいけど」

真行寺はフンと鼻で笑った。破綻《はたん》した家庭に生まれたので、自分が温かい家庭を築くイメージを持てないらしい。成功した実業家なのに、六十過ぎても未婚のままだ。

恵はピーマンを縦半分に切り、ヘタと種を外した。これを細切りにしてモヤシと塩昆布《しおこんぶ》と一緒に炒《いた》めると、ご飯のおかずにも酒の肴《さかな》にもよく合うのだ。

「支倉さん、今度店を訪ねてくるって。何か相談したいみたいな感じだったわ。もしかして、新くんを養子にしたいとか……」

真行寺は眉間《みけん》にシワを寄せた。

「児童養護施設の子供は、昔は両親を喪《うしな》って入所する例が多かったが、近頃は事情があって両親と離れている子供がほとんどだ。もしその子に親がいた場合、養子縁組は難しいだろうな」

「そうなの。知らなかった」

恵は熱したフライパンに油を敷き、ピーマンとモヤシを炒め始めた。油の弾《はじ》ける威勢のいい音が響いた。

「養子縁組をせずに、自分の家庭に迎え入れて養育する里親制度もあるが、そもそも日本の場合、里親を希望する人間が少ない」

「やっぱり血縁重視とか、そういう理由で？」

「それもあるが、制度そのものが知られていないのが大きいと思う。里親制度と特別養子縁組の違いって知ってるか？」

「全然」

　ピーマンとモヤシの塩昆布炒めに火が通った。これで本日の大皿料理はすべて完成だ。

「だよな。俺もちょっと前まで知らなかった」

　里親制度とは、子供が十八歳になるまで一般家庭で引き取って養育する制度で、国や地方自治体から養育に対する費用も支払われる。特別養子縁組とは、子供と実親との縁戚《えんせき》関係を断ち、戸籍上も養親と親子となる制度で、相続その他の権利も実子と同様に与えられる。

　ちなみに普通養子縁組とは、実親との関係を維持したまま養子縁組を結ぶ制度で、後継者として「婿養子《むこようし》」を迎える場合などは普通養子縁組が結ばれる。

「俺は小学生までの子供達は、出来れば家庭の一員として受け容《い》れてもらって育って欲しい。愛正園はとても良心的な施設で、園長も職員も誠実で献身的に世話してくれる。だが、小さい子供は家庭で特定の大人の愛情を受けて暮らす時間が必要だと思う。〝先生〟でなく〝お父さん〟〝お母さん〟と呼べる人が必要なんだ」

真行寺の言葉には実感がこもっていた。

無理心中で両親を失った後、真行寺は尾局與の世話で愛正園に保護された。與は愛正園に多額の寄付をしており、真行寺のこともあれこれと配慮してくれたし、大学の入学金も出してくれた。真行寺が今日《こんにち》あるのは與のお陰で、だからその弟子《でし》の恵の面倒も見てくれた。

しかし、少年時代の真行寺は、心のどこかで母と呼べる人を求めていたのかも知れない。一人で施設で暮らす毎日を寂しく感じることもあったのだろう。

「もし支倉夫妻にその気があるなら、その子の里親になってくれると良いんだがな。十八歳まで親子として暮らしてくれたら、あとは彼が自分で人生を切り開くだろう」

真行寺は壁の時計を見上げた。六時五分前になっていた。

「邪魔したな」

するりと椅子《いす》から下りると、カウンターの内側を覗《のぞ》き込んだ。

「なかなか手際《てぎわ》がいいな。石の上にも三年、おでん屋も十三年か」

まるで捨て台詞《ぜりふ》のように呟くと、真行寺は挨拶もなく店を出て行った。

恵はいくらか安堵《あんど》して、カウンターに残ったグラスを片付けた。

去年の流行病《はやりやまい》でリモートワークや飲食店の自粛が続き、丸真トラストの賃貸ビルからも転出するオフィスやテナントが続出した。しかしその後、この機会に大きなスペースに移りたい会社や飲食店も現れて、何とか持ち直したらしい。

今日、わざわざ店にやってきて油を売っていったのも、仕事に余裕があるからに違いない。

何といっても真行寺は大恩人で、口は悪いが長年にわたって愛正園に財政援助を続けているくらい義侠心《ぎきょうしん》に篤《あつ》い。情熱を傾けた仕事が順調に発展するように、祈らずにはいられない気持ちだった。

恵はカウンターから出て暖簾《のれん》を店の表に掛けた。立て看板の電源を入れ、〝準備中〟の札を裏返して〝営業中〟にした。

そのまま店に入ろうとすると、後ろから「あのう」と声をかけられた。

「はい……あら」

振り返ると、支倉伸行が立っていた。

「昨日はどうも」

支倉は深々と頭を下げ、菓子折を差し出した。

「いいえ、ご丁寧《ていねい》に、かえって恐縮です」

恵は店の中を指し示した。

「どうぞお掛け下さい」

恵はカウンターに入り、おしぼりを出した。

支倉は、ぐるりと店の中を見回した。

「こちらの大皿料理がお通しになります。二品で三百円、五品全部載せで五百円です」

話の継ぎ穂《つほ》に料理の説明をしながら、恵は準備した大皿料理を次々にカウンターに載せていった。今日は枝豆、卵焼き、ピーマンとモヤシの塩昆布炒めの他、イタリア風ゼリー寄せとナスの揚げ浸《びた》しカレー風味。ゼリー寄せと揚げ浸しは予《あらかじ》め仕込んでおいた。

支倉は瓶《びん》ビールを注文してから本題に入った。

「あのう、昨日のお子さんは何というお名前ですか？」

「あの子は新くんといいます。今年小学校に入学しました。七歳です。足立区にある愛正園という児童養護施設に保護されています。詳しい事情は存じませんので、愛正園にお問い合わせになって下さい」

恵は料理を皿に取り分けながら、支倉が知りたいであろう事実を伝えた。昨日の今日でやってきたのは、よほど新に関心があるのだろう。

「ありがとうございます」

支倉は安堵した様子で、ホッと溜息《ためいき》を漏《も》らした。

「玉坂さんは、元は占い師だったそうですね。驚きました」

「もう昔のことです」

恵は二十代初めから四十歳まで、〝レディ・ムーンライト〟の名で大人気を博した占い師だった。しかし十三年前、突然の不幸に襲われ、目に見えないものが見える力を失って占い師を引退……有《あ》り体《てい》にいえば廃業した。

今ではすっかりおでん屋の女将《おかみ》だが、パソコンで検索すると、当時の記事や映像が出てくる。

「ほとんど初対面の方に家庭の事情をお話しするのは遠慮すべきですが、ご経歴を知って気が変わりました。私共夫婦は三年前に一人息子を喪いました。息子の篝は、小学校一年になったばかりでした。とても健康な子だったのに……突然死というのでしょうか、その日も元気で学校へ行ったのに、教室で倒れて、それっきり」

支倉の話は予想していた通りだった。恵は同情を込めて頷いた。

「二人とも四十近くなってから出来た子供でした。その後家内は子宮筋腫《しきゅうきんしゅ》を患《わずら》い、子供を望めない身体になりました。でも、私達には篝だけで十分でした。その篝にあまりに似ていたので妻はすっかり取り乱してしまって」

支倉はそこで言葉を切り、ビールを一口飲んで喉《のど》を湿した。

「昨日、あの子……新くんというんですね？　彼に会って、希望が生まれました。篝の代わりに新くんをと思われてしまうかもしれませんが、あそこで出会えたのは縁としか思えない……。新くんを息子として家に迎えたいんです」

恵の耳に「〝先生〟でなく〝お父さん〟〝お母さん〟と呼べる人が必要なんだ」と言った真行寺の声がこだました。

「私には何とも申し上げられませんが、支倉さんと奥様が息子として迎えて下さったら、新くんにとっても大変幸せなことだと思いますよ」

「そう言っていただけると安心します。これまで養子については、考えたこともなかったものですから」

「ちょっとお待ち下さい」

恵はカウンターの内側に置いた戸棚を開け、「み」の名刺台帳を取り出した。パラパラとページをめくり、三崎照代《みさきてるよ》の名刺を探した。

「この方が愛正園の責任者です。私の方からもざっとご事情をお伝えしておきましょうか？」

「ありがとうございます」

支倉は深々と頭を下げてから、スマートフォンを出して三崎照代の名刺を写真に撮った。

「つかぬことを伺いますが、養子の件は、奥様もご承知ですよね？」

「もちろんです。新くんを引き取りたいと言い出したのは家内の方なんですよ」

恵は新を前にして、涙が止まらなかった伊万里の姿を思い出した。

「家内は日本画家なんです。一部にはファンもいるみたいで。息子が亡くなる前は、個展を開いたりして活動していたんですが」

きっと息子を喪った悲しみに押しつぶされて、絵筆を取る気力も失ってしまったのだろう。

「また創作意欲が湧《わ》いてくるとよろしいですね」

「そう願っています」

支倉はグラスに残ったビールを飲み干すと、立ち上がった。

「来た早々ですが、これで失礼します。ご馳走《ちそう》さまでした」

言い終わると同時に、カウンターに一万円札を置いた。

「お釣《つ》りは結構ですので」

「支倉さん、これは困ります！」

恵はあわててカウンターから出たが、支倉はひと足早く店を出てしまった。

「困ったなあ」

カウンターの上の一万円札を見て、恵は後ろめたい気持ちになった。新の情報と引き替えに謝礼をもらったような気分を拭《ぬぐ》えない。

と、入れ替わりのように入ってきたのは、大友《おおとも》まいだった。ちょうどよかった。新の話をしようとすると、

「こんにちは！」

ほんの少し息を弾《はず》ませ、目も輝いていた。

「何か嬉しいお知らせでも？」

「そうなの。悪いけど一杯呑んだらすぐ帰るわ。今度、ゆっくりね」

まいはもどかしそうにバッグからスマートフォンを取り出した。

「見て、見て！」

画面には五十歳くらいの白人男性が映っていた。ベレー帽をかぶり、軍服のような服装をしている。なかなかのイケメンだ。

「先週から、この人とフェイスブックのメッセージ交換を始めたの」

まいはスマートフォンを手元に下げて、画面を見つめた。

「この方、軍人さんですか？」

「そう。イギリスの軍医さん。ヘンリー・ラッセルっていうの」

「あらあ」

日本人が普通にイメージする外国の軍隊といえばやはり駐留米軍で、英国軍は遠い存在だ。

「多国籍軍の司令部所属で、バーレーンに駐留してるんですって」

バーレーンと聞いて、恵は一瞬天を仰《あお》いだ。聞いたことはあると思うが、どこにあるかはまったく知らない。

「ペルシャ湾に浮かぶ島国。サウジアラビアの東にあるんですって。そんなこと言われてもピンとこないわよね」

まいはスマートフォンをカウンターに置いた。

「ええと、スパークリングワインいただける？」

「スペインのカバになりますが、よろしいですか？」

「もちろん。乾杯したい気分なの」

恵はドゥーシェ・シュバリエの栓《せん》を開け、グラスに注《つ》いだ。

「それにしても、よくそんな遠くの方と知り合いになれましたね」

「そこがSNSの良いところよ」

まいは嬉しそうに言って、カバを一口呑んだ。

「向こうから私のアカウントに友達承認が送られてきたの。日韓ワールドカップのとき初めて日本に行って、すごく印象が良かったんで、すっかり日本のファンになって、それから三年に一回は休暇で日本に旅行に来てたんですって。でも最近は忙しくてもう五年も行ってない。だから日本の人とメッセージ交換して、日本を身近に感じたいって」

「それは、お話が弾みそうですね」

「ええ。私はスポーツは全然だけど、お料理の話とかすごく喜んでくれるの」

まいは椅子から立ち上がり、本日の大皿料理をスマートフォンで写真に撮ると、どこかへ送信した。

「この前、お夕飯の写真を送ってあげたら、すごく喜んでたわ。日本食は美味しくてヘルシーで見た目も美しいって。ここのお料理なら、私のより上等だから」

「畏《おそ》れ入ります」

まいはグラスの中身を呑み干すと、申し訳なさそうに片手で拝んだ。

「ごめんなさいね。今日はこれで」

まいはカウンターに千円札を二枚載せた。

「まいさん、一枚多すぎ！」

恵は千円札一枚を戻そうとしたが、まいはすでに席を立ち、小走りに店を出て行った。

いくつになっても、ステキな出会いには胸がときめくんだな。

新の話はしそびれたが、また機会はあるだろう。

恵は苦笑しながらカウンターを片付けた。イケメンのフェイスブックの友人を自慢したい気持ちは年齢とは関係ないらしい。しかし、まいが楽しい時を過ごせるのなら、英会話教室に通った甲斐《かい》があるというものだ。

「こんにちは」

そこへ、入り口の戸が開いて、カップルが入ってきた。

「あら、いらっしゃい。どうぞ、どうぞ」

矢野亮太《やのりようた》と真帆《まほ》夫婦だった。爽《さわ》やか系好男子の亮太は公認会計士、竹久夢二《たけひさゆめじ》の絵から抜け出してきたような真帆は、新進気鋭の日本史の学者という、高校の同級生カップルだ。夫婦揃ってめぐみ食堂を贔屓《ひいき》にしてくれる。

恵はカウンターに戻り、おしぼりを出した。

「大皿料理、全部載せ五百円って始めたの。如何《いかが》ですか?」

「そりゃあもらうよ、ねえ」

亮太が確認すると、真帆は大きく頷いた。

「そのゼリー寄せ、きれいねえ」

「これ、便利よ。作り置き出来るし」

「そうなの?」

「早い話、具沢山のスープを作ってゼラチンで固めちゃえば出来上がり。今日はコンソメ味で、具材はプチトマトとセロリとバジルと芝《しば》エビ。だからイタリア風味」

亮太と真帆はレモンサワーを注文し、乾杯してからお通しに箸を伸ばした。

「このピーマン、ご飯にも合いそう!」

「塩昆布と白出汁使ってるから。それに安くて簡単よ」

「恵さんに聞くとみんな簡単そうだけど、作ると結構大変。私、料理あんまり得意じゃないし」

真帆は申し訳なさそうに亮太を見た。最近、新しい教育プロジェクトに携わっているると聞いた。きっと忙しいのだろう。

「その分、めぐみ食堂でご飯食べればいいじゃない」

亮太が屈託《くったく》のない口調で言った。

「亮太さんは奥さん思いね」

「そうなの」

真帆が嬉しそうに笑う。

「ええと、今日のお勧めは……」

二人は壁のホワイトボードを見上げた。

本日のお勧め料理は、冷やしトマトおでん、カツオ（タタキまたはカルパッチョ）、茹でアスパラ、夏野菜のバーニャカウダ、夏野菜の串揚げ、カジキマグロのステーキ。

「まずは夏の風物詩、冷やしトマトおでんだな」

「ねえ、恵さん、バーニャカウダと串揚げの野菜は違うの？」

「バーニャカウダはキュウリ、インゲン、カボチャ、レタス、パプリカ。串揚げはオクラ、プチトマト、ズッキーニとチーズ」

「どっちがいいかしら？」

「両方頼もうよ。それと茹でアスパラも。家で野菜料理するの、大変だから」

亮太は、真帆と結婚する前はマンションで一人暮らしだったので、自炊《じすい》の経験もある。当時は料理が面倒なので、台所代わりにめぐみ食堂へ通ってくれた。そんな経験が妻への労りとなって表れているところが、亮太の良いところだ。

「カツオはカルパッチョがいいかしら？」

「そうだね。タタキはスーパーでも売ってるし」

仲むつまじい亮太と真帆を見ていると、ふと、ＡＩ婚活を利用してもこの二人が結婚したかどうかと考えた。

恵は冷蔵庫から茹でたアスパラを出し、半分に切って皿に並べた。添えるのは自家製マヨネーズだ。自分でマヨネーズを作るのは大変そうだが、ハンドミキサーを使えば意外と簡単に作れる。

「はい、どうぞ」

次はカツオのカルパッチョを盛り付ける。

豊洲《とよす》で買ったカツオのタタキにレモン汁とオリーブオイル、塩・胡椒《こしょう》をかけるのが定番だが、今日は柚子《ゆず》胡椒も混ぜて刺激を強めにした。玉ネギスライスと茗《みよう》荷《が》と大葉《おおば》の千切りを飾り、爽やかさをプラスしている。

「美味しい！　和風のタタキとは全然違う」

「それだけお醬油の風味が独特なのよね。お醬油を使うと全部和風になる感じ」

恵の解説に、亮太と真帆は「なるほど」と言って頷いた。

「せっかくだから日本酒もらうよ。何が良い？」

「美丈夫《びじようふ》の純米吟醸《ぎんじよう》がお勧めです。高知のお酒だから、カツオにピッタリ」

「じゃあ、二合。冷やで」

恵は話を続けながらバーニャカウダの支度《したく》に取りかかった。といっても切って並べるだけなのだが。

「実はね、また高級和牛の牛タンが手に入ったの」

「ホントッ⁉」

真帆も亮太も目を輝かせた。

「明日届くから、お店に出すのは水曜日からね。週の後半、お時間あったら食べに来て下さい」

「来る、来る！」

亮太は真帆と肘《ひじ》でハイタッチした。

「最近、ちょっと珍しい話を聞いたんだけど……」

恵がAI婚活について話そうとしたところで、新しいお客さんが入ってきた。田《た》代《しろ》杏《あん》奈《な》と織《おり》部《べ》豊《ゆたか》だ。

「あら、いらっしゃいませ。どうぞ空《あ》いてるお席に」

杏奈と豊は気まずそうな顔で恵を見た。

「通りでバッタリ会っちゃって」

「おでんを食べたくなる日が同じなんですかね」

二人は一つ席を空けてカウンターに腰を下ろした。

「小生」

「僕も」

杏奈が注文すると、豊も重なるように声を上げた。

「お通しは全部載せで」

「僕も」

杏奈がチラリと横目で豊を見た。「真似《まね》しないでよ」と言いたそうな顔だ。

恵は生ビールを注いで、二人の前に置いた。

「お勧めはホワイトボードをご覧下さい」

　杏奈はすぐに壁を見上げたが、豊はおでん鍋《なべ》から目を動かさず、きっぱりと言った。

「僕はおでんからいただきます。ちくわぶと昆布、がんもどき、さつま揚げ下さい」

　すると、杏奈はわざとらしく眉《まゆ》を吊《つ》り上げた。

「私、カツオのカルパッチョ。ここに来てお勧めを食べない選択はないわよね」

「おでん屋さんに来たら、まずおでんですよ」

　豊はあくまでのんびりした口調だ。

「トー飯《めし》も美味《うま》かったな。今日もシメはあれでお願いします」

　恵はお通しを盛り付けた皿を二人の前に置いた。

「トー飯はお客さまのリクエストで始めたんですけど、意外と人気なんです。お陰様でお豆腐の仕入れが多くなりました」

「僕はトマトおでんがびっくりです。でも編集部で聞いたら、今はわりと普通にあるんですね」

　豊は卵焼きを口に放り込み、満足そうに頬《ほお》を緩《ゆる》めた。

「ちょっと甘めで、良いなあ。僕は断然出汁巻きより甘い卵焼き派です」

「やっぱりね。私、出汁巻き派」

杏奈がニヤリと笑った。

「なんでやっぱりなんです？」

「甘いの好きだから。親の代から尾崎《おざき》豊のファンだし」

「ちくわぶも愛してます」

「そっか。理解しがたい好みよね」

杏奈はゼリー寄せを一口で頬張った。

「そうかなあ。僕の好みは日本人のスタンダードだと思うけどな。夏目漱石《なつめそうせき》も大好きだし」

杏奈は生ビールでゼリー寄せを流し込むと、目を丸くして豊を見た。

「あんなの好きなんだ⁉」

「もしかして『坊《ぼ》っちゃん』と『吾輩は猫である』しか読んでないでしょ？」

「『こころ』も読みました。高校のとき、夏休みの読書感想文の課題図書にされて、無理矢理読まされたの」

杏奈は鼻の頭にシワを寄せ、うんざりしたように首を振った。

「もう、あんなしょうもない小説、読んだことない。主人公も〝先生〟も、ろくなもんじゃないし」

豊はほとんど〝鳩《はと》が豆鉄砲を喰《く》らった〟ようにポカンと口を開けた。

「だいたい、主人公が〝先生〟に魅力を感じる理由が全然分かんないのよね。最初、海辺で見かけただけで気になって、待ち伏せみたいなことしたり……あれって今ならストーカーでしょ。〝先生〟だって自分勝手で幼稚な人にしか思えないし」

豊は何か言おうとしたが、ただ口がパクパク動いただけだった。面食《めんく》らって言葉が出てこないのだろう。

「あの〝先生〟は若い頃おじさんに財産をだまし取られて、中年になってもずっと恨《うら》んでるでしょ。でも、自分だって親友の気持ちを知りながら、抜け駆けみたいにして奥さんと結婚したわけじゃない。それなら自分の行いを省《かえり》みて、おじさんにも何か事情があったんじゃないかって考えると思うのよ。それが全然なくて被害者意識と自己憐憫《れんびん》に陥《おちい》ってるとこが、尾崎豊そっくりで大っ嫌い」

豊はジョッキを取って生ビールを一気に呑み干し、上唇《うわくちびる》に付いた泡《あわ》を手の甲で拭った。

「そこまで言う？」

豊はまるで救いを求めるように、上目遣《うわめづか》いに恵を見た。

「織部さんには悪いけど、実は私も杏奈さんと同じような意見なの」

豊は小さく「嘘」と呟いた。

「やっぱり高校生のとき、読書感想文の課題図書にされて。私もどうして『こころ』が名作って言われてるのか、全然理解出来なかったわ。『坊っちゃん』は痛快で面白かったのに」

「やっぱり、男と女は感じ方が違うのかなあ。僕はあの作品の持つ、甘く哀《かな》しいムードが好きなんだけど……」

豊は切なげに溜息を漏らした。

「でも、だから小説って面白いんじゃないでしょうか。みんながみんな同じ感想だったら、そっちの方が変でしょう」

恵は近頃、小説を読むという行為は、作者の描く世界に浸《ひた》りながら、同時に自分自身の心を覗き込んでいるのではないかと思うようになった。同じ小説を読んでも人それぞれ感想が違うのは、それぞれの心が違っているからだ。

「お飲み物、次は何にしましょう?」

恵はおでんを盛った皿を豊の前に置いてから、カルパッチョを仕上げて杏奈に出した。

「何がいいかなあ」

「おでんには喜久酔《きくよい》がお勧めです。お出汁の利《き》いた煮物やお豆腐とよく合いますから」

そして杏奈の方を向いた。

「杏奈さんには美丈夫。高知のお酒です」

「僕は喜久酔二合下さい」

「私、美丈夫一合。おでんをいただくとき、喜久酔をもらうわ」

カウンターの一方の端では、亮太と真帆がお勧め料理を食べ終わり、美丈夫のデカンタも空《から》にしていた。

「おでん下さい。僕、ハンペンと牛スジと葱鮪《ねぎま》とつみれ」

「私、新じゃがとがんもどき。それと牛スジも」

おでんの注文の後は素早く相談し、もう一度声をかけた。

「お酒は喜久酔二合ね」

杏奈は恵がカウンターから下げた料理の皿を目で追った。

「夏野菜の串揚げ下さい」

「はい。ありがとうございます」

恵は冷蔵から保存容器を出し、串を二本取った。

ズッキーニ、チーズ、プチトマト、オクラの順で刺してある。チーズを入れることで野菜の甘味に芳醇《ほうじゅん》な風味が加わる。手早く衣を付けて油鍋に泳がせると、油から泡が立って小気味良い音を放った。

その音に引かれるように、豊が首を伸ばした。

「串揚げ、美味そうだな」

「召し上がります？」

「どうしようかな。おでんもお代わりしたいし……」

豊が胃の辺りに手を当てて思案顔になった。と、杏奈がさっと振り向いた。

「一本あげるわ」

豊が目を瞬《しばたた》き、恵も聞き間違いではないかと訝った。

「急にどうしたんですか」

「大好きな尾崎豊と夏目漱石をけなしたお詫《わ》び。私だって『坊っちゃん』で終わってれば、漱石を嫌いじゃなかったのに」

杏奈は小さく肩をすくめた。

「尾崎豊だって、あの心理学の講師がプリント配らなければ、特に嫌いじゃなかったと思うわ」

「巡り合わせで、好き嫌いも変わるんですかねえ」

豊は割箸でさつま揚げを千切った。

「僕が甘い卵焼きが好きなのは、うちの母親の味だからです。もし母が出汁巻きを作っていたら、きっと出汁巻き派になっていたと思います」

「私、別に甘い卵焼きも嫌いじゃないのよ。出汁巻きの方が食べ慣れてるってだけ」

カラリと揚がった夏野菜の串揚げの皿には藻塩《もしお》を添えてあるが、ウスターソースの瓶も出した。

「お好きな方でどうぞ。熱いからお気をつけて」

豊は串をつまむと、顔の前に直立させて杏奈に会釈《えしゃく》した。

「ゴチになります」

「どう致しまして」

杏奈は藻塩を少し付けてオクラを囓《かじ》った。

豊は全体にソースを垂らし、オクラを頬張った。

「あふふ……」

揚げたての揚げ物を頬張ると、だいたい失敗する。豊は口を開け、ハフハフと息を吐《は》いた。恵が急いで麦茶をグラスに注いで出すと、一口飲んでやっと収まった。

「大丈夫ですか？」

「いや、失礼しました」

杏奈がクスリと笑《え》みを漏らした。

「のんびりしてるのに、食べるときは結構あわて者よね」

「食い意地が張ってるんですよ。美味しい物はすぐ食べないと失礼な気がして」

「作る方としてはありがたいお言葉です」

そのとき、恵の脳裏《のうり》をまたしてもＡＩ婚活がよぎった。ＡＩなら、この二人にはどんな相手を紹介するのだろう？

「ママさん、どうしたの？」

恵の視線に気がついて、杏奈が尋ねた。

「いえ、あの、実はＡＩはどういう分析をするのかと思って」

「ＡＩ？」

恵は口を開くまでひと呼吸置いた。杏奈はもう藤原海斗《ふじわらかいと》に対するわだかまりはないようだ。怨念《おんねん》を宿した淀《よど》んだ空気は、跡形《あとかた》もなく消えている。

「藤原海斗さんが、ＡＩを使った婚活事業を立ち上げたんですって」

「何、それ？」

「ＡＩが仲人《なこうど》の役をするそうです」

恵は海斗から聞いたＡＩ婚活の内容を、かいつまんで説明した。

「先週の土曜日、担当の社員の方とうちにお見えになって。今、ＡＩ婚活はかなり普及しているみたいで、地方自治体が運営する支援会社もＡＩを活用しているそうです」

杏奈も豊も、興味深そうに耳を傾けている。

「まあ、私はＡＩに結婚相手を決めてもらって大丈夫かと、一抹《いちまつ》の不安があるんですけどね」

「若い世代には、あんまり抵抗ないと思いますよ」

豊は躊躇《ちゅうちょ》なく答えた。

「子供の頃からＡＩがあるからですか？」

「今は買物でも旅行でも検索で下調べするし、通販サイトではいつも〝おすすめ〟が表示されてるでしょう。だから〝答え〟を出してもらうことに慣れてるんですよ。それにAIは総合的に判断してくれるという信頼感がある。結婚相手もAIに決めてもらいたいと思う世代が現れても、不思議じゃないですね」

杏奈は困惑するように視線を泳がせた。

「私は……プロフィールに接点がなくても相性の良い相手と出会えるのはステキだと思うけど……。でも、AIに結婚相手を決めてもらうのは、どうなんだろう?」

それは恵もまったく同感だった。出会いの先にある選択肢までAIに答えを求めるなら、それは自分で自分の人生を決めているといえないのではないだろうか?

そのとき、不意にある考えが閃《ひらめ》いた。

「ねえ、杏奈さん、藤原さんの会社でAI婚活をやってみたら?」

杏奈は眉を吊り上げ、豊は椅子からわずかに腰を浮かせた。

「私、まだ結婚なんか考えてないし」

杏奈が首を振ると、豊も大きく頷いた。

「そうですよ。杏奈さんはまだ若いし、これから出会いはいくらでもあるはずです」

「甘い」

恵は〝レディ・ムーンライト〟だった頃のような、威厳のある声で言った。

「今や五十歳時点の男性の四人に一人、女性の七人に一人は結婚経験がない時代です。この先ずっと独身を通す決心をしているなら別ですが、『いつか好《い》い人が現れたら結婚したい』と思っているなら、婚活は早く始めた方がずっと有利ですよ。シビアな話、四十歳を過ぎると妊娠する可能性は非常に低くなります」

杏奈の顔に不安がよぎった。身近に実例があるのかも知れない。

「どうしよう……」

豊がもの問いたげな顔で恵を見上げた。

「織部さんも杏奈さんと一緒に入会なさったら如何ですか？」

「僕が⁉」

豊はあわてて首と手を激しく振った。しかし、杏奈は急に目を輝かせた。

「一緒に入ればお互い何かと情報交換も出来るし、いいかも知れないわ」

「いや、僕はそんな、婚活なんか」

杏奈が決め付けるように言った。

「ママさんの話、聞いたでしょう？　一生結婚出来ない危険性は、男の方が高いのよ。この際、一緒にＡＩ婚活を体験しましょう！」

豊は救いを求めるように周囲を見回した。その視線の先に亮太と真帆の姿があった。

亮太はコホンと咳払《せきばら》いして姿勢を正した。

「突然お節介なことを申しますが、お許し下さい。実は、このママさんは昔はとても有名な占い師だったんです。今は引退されてますが、人と人との縁を見抜く力は衰えていません。僕と妻も、ママさんのお陰で結婚しました。婚活に関しては、取り敢えず言うことを聞いておいて損はないと思います」

すると、真帆も遠慮がちに口を添えた。

「私達、恵さんに出会わなかったら、今の幸せはありませんでした。たとえそのAI婚活が上手《うま》くいかなくても、それをきっかけに別のご縁が開けるかも知れません。私も、取り敢えずやってみて損はないと思います」

「ご助言、ありがとうございます」

杏奈は立ち上がり、亮太と真帆に向かって頭を下げると、もう一度座り直して豊に言った。

「言うの忘れてたけど、このママさん、昔は〝レディ・ムーンライト〟っていう名前だったの」

「レディ・ムーンライトッ⁉」

豊が恵を指さして叫んだ。

「お袋がファンだったんです！　確かうちに本がありましたよ。えーと、白魔術がどーたらっていう」

恵の初めての著作のタイトルは『しあわせの白魔術』という。

「今度サインして下さい。お袋に送ってやります」

恵はニッコリ微笑《ほほえ》んだ。

「喜んで、何枚でも。ところで、ＡＩ婚活はどうなさいますか？」

豊は腕を組み、ほんの少し考えたが、やがて腕組みを解《ほど》くときっぱり返事した。

「やります。ＡＩ婚活は半信半疑ですが、レディ・ムーンライトの進言にしたがえば悪い結果にはならないと信じます」

杏奈がグラスを持ち、目の高さに掲げた。

「それでは、ＡＩ婚活の成功を祈って」

豊も、亮太と真帆のカップルもグラスを手に持った。恵も自分のグラスに喜久酔を注いだ。

「乾杯！」

一同は高々とグラスを上げた。

それからひと月ほど過ぎた七月半ばの夜のことだ。看板にして暖簾を外していると、真行寺が路地の向こうからやってきた。

「あら、いらっしゃい」

恵は店の中に誘《いざな》おうとしたが、真行寺は素《そ》っ気《け》なく片手を振った。

「客じゃない。お前も気にしているだろうから、報告だ。新は支倉夫妻と特別養子縁組を結ぶことに決まった」

「それは、おめでとうございます。でも……」

「なんだ、何か気になることでもあるのか?」

真行寺は、恵の表情の陰りを見て取ったようだ。

「まあ、ちょっと入って下さい」

恵が店内を示すと、真行寺は今度はためらいなく入って、椅子に座った。

「取り越し苦労かも知れませんけど、新くんが幸せになれるかどうか、心配なんです」

恵はビールの栓を抜き、グラスを二つ出して注いだ。

「あの夫婦に問題でも?」

「いえ、そうじゃありません。ご主人も奥さんも立派な方だし、新くんに愛情を持っているのは間違いありません。ただ、新くんがその愛に押しつぶされるような気がして……」

「贅沢《ぜいたく》言ってるな」

真行寺は吐き捨てるように言った。

「溺《おぼ》れるほどの愛情を注いでもらえるなら、結構な話だ」

新には父親はなく、シングルマザーの母親は男との同棲《どうせい》と離別を繰り返し、三年前のある日、新を一人残してアパートを出た。そのまま何日も帰らず、近所の住人の通報で児童相談所の職員が駆け付けたときは、新は衰弱死寸前だったという。

新は病院を退院してから愛正園に保護された。戸籍上の母親は一度も面会に来たことがない。しかし、親権はある。

支倉夫妻は特別養子縁組、即ち実母との戸籍上の関係を切り、実子と同じ待遇で養子に迎えることを望んでいた。すると、実母が親子関係の解消を拒んだという。

「要するに、金だ」

新の実母は今、無職の男と同棲している。有り体に言えばヒモだ。その男が支倉夫妻が裕福だと知って、新の実母に知恵を付け、ひたすらごねて金を引き出そうとした。

「園長の三崎先生は、何度も新の母に会いに行って粘り強く説得を続けた。それで、何とか……」

真行寺が語らずとも、恵には察しがついた。おそらくは真行寺が実母に妥当な額の金を握らせ、ヒモは裏社会に通じた知り合いを使って黙らせたのだろう。

「文倉夫妻のような人の子供になれるのは、あの子にとっては宝くじに当たる以上の幸運だ。その幸運を掴《つか》めるか、逃《のが》すか、それは本人次第だ。人間には一生に一度、全力で勝負しなくてはならないときがある。今があの子の勝負時だ。勝っても負けても、あの子が自分で闘うべきだ」

真行寺の言う通りだと思う。似たような境遇から這《は》い上がってきた人間の言葉は説得力が違った。

もう、祈るしかないのかも知れない……。

恵は明るく元気な新の顔を思い浮かべた。胸には一抹の不安が残るが、乗り越えてきた不幸が幸福へのステップになるように、ひたすら祈るだけだった。

すると不意に、人生の選択肢に〝結婚〟を持たない真行寺に訊《き》いてみたくなった。

「ＡＩ婚活って知ってます？」

「藪《やぶ》から棒に、何の話だ？」

恵は自分のグラスにビールを注ぎ足した。

「最新式の婚活システム。ＡＩが仲人さん」

簡単に説明すると、真行寺は露骨に顔をしかめた。

「価値観の一致がそんなに重要か？」

「だって、離婚理由で一番多いのは価値観の不一致よ」

「そりゃ面倒だからそう言ってるだけだろ。じっくり事情を聞いてみりゃ、具体的な理由がゾロゾロ出てくるはずだ。そもそも価値観が合うのと気が合うのとは、全然別の話だからな」

恵は一瞬ハッとした。言われてみれば、そうかも知れない。

「この世に完全に価値観が一致する相手なんかいるわけない。いるとしたら自分のクローンだけだ。そんなものと一緒にいて楽しいか、俺は大いに疑問だな」

どういうわけか恵は、子供の頃流行した「あの素晴しい愛をもう一度」（北山修・作詞／加藤和彦・作曲）というフォークソングを思い出していた。

あの時同じ花を見て　美しいと言った二人の
心と心が今はもう通わない　あの素晴しい愛をもう一度

かつて恵は「同じ花を見て美しいと思えなくなってしまった」、つまり価値観が異なってしまったから、二人の愛は失われたと解釈していた。しかし、もしかしたら愛があれば、同じ花を見て美しいと思えなくても、つまり価値観が異なっていても障害にならないのかも知れない。愛がなくなってしまったから、価値観が異なることが障害になってしまったのでは……？

「俺とお前だって相当に価値観が違うが、それで互いに不利益を被《こうむ》っているわけでもない」

「仰《おっしゃ》る通りです」

真行寺と出会ったのは恵が大学生の頃だから、かれこれ三十数年の付き合いになる。

「ま、そんなに成婚率が良いんなら、試しにお前もやってみろ。溺れる者は藁《わら》よりＡＩだ」

例によって嫌みにうそぶいて、真行寺は出て行った。

恵の心には、「価値観が合うのと気が合うのは違う」という真行寺の言葉が、しっかりと刻まれていた。

三皿目

ロマンスの明《あ》石《かし》焼《や》き

梅雨《つゆ》が終わると夏はいよいよ本番だ。七月も末になると太陽がギラギラと輝いて〝真夏日〟が続き、空気はべったりと皮膚に絡《から》みついてくる。

今日の東京は、昼間の最高気温が三十五度を上回る猛暑日で、アスファルトの道路は火傷《やけど》するほど熱くなった。夕方になっても道路からは熱気が立ち上り、あまり涼しくならない。

恵《めぐみ》は大皿料理の最後の一品を作り終え、壁の時計に目を遣《や》った。五時五十分。開店まであと十分だ。

調理器具を洗って片付け、〝接客用〟の割烹着《かっぽうぎ》に着替えた。鏡を見て汗で化粧が崩れていないかチェックして、カウンターを出た。

暖簾《のれん》を出そうと一歩表に踏み出すと、外の熱気が身体にまとわりついた。冷房の効《き》いた店内と外気のギャップに、それだけで汗が噴き出てくる。

恵は立て看板の電源を入れ、〝準備中〟の札を裏返して〝営業中〟にすると、急いで中に入って戸を閉めた。

「ふう……」

思わず溜息《ためいき》を漏《も》らした。昔は夏が大好きだったのに、近頃の夏はまるで様相が変わってしまった。地理の教科書には「日本は温帯」と書いてあったはずだが、今や

「亜熱帯」としか思えない。

恵はカウンターに入り、隅《すみ》に置いた団扇《うちわ》を取って軽く扇《あお》いだ。おでん鍋《なべ》から湯気《ゆげ》が薄く漂《ただよ》っている。

「夏におでんは不利よねえ」

おでんや鍋物はどうしても冬のイメージが強い。季節感を大切にした料理を工夫して、猛暑の日も集客に努めてはいるが、こうやって亜熱帯並みの気温が続くと心細くなる。お客さんだって、おでんより冷やし中華やざる蕎麦《そば》が食べたくなるのではあるまいか。

「こんにちは！」

元気良く挨拶《あいさつ》して入ってきたのは、田代杏奈《たしろあんな》と織部豊《おりべゆたか》だ。二人は今や共にＡＩ婚活をしている。

「いらっしゃいませ。どうぞ、どうぞ」

恵はおしぼりを出して二人に勧めた。ちなみに、七月と八月は冷たいおしぼりを使っている。

「生ビール、小ね」

「僕、中ジョッキで。暑くて死にそう」

豊は顔から首筋までおしぼりで拭《ぬぐ》った。

「あら、新メニュー？」

杏奈がカウンターに並んだ大皿料理を目で追った。

今日は枝豆、イタリア風ゼリー寄せ、キュウリとジャコの生姜《しょうが》醤油《じょうゆ》炒《いた》め、パプリカと豚肉の梅煮、ナスと卵のよだれ鶏風の五品。

「キュウリの炒め物って珍しいわ」

「日本料理はあまりないですよね。中華ではよくやるけど」

これは雑誌で見た料理だ。種を取ったキュウリとジャコをゴマ油で炒め、生姜醤油で味付けするだけだが、キュウリというのがいかにも夏らしい。

パプリカと豚肉の梅煮は、豚肉のコクとパプリカの甘味、梅干しの酸味が良く合って、暑い夏でもサッパリ食べられる。

ナスと卵のよだれ鶏風は、蒸したナスと茹《ゆ》で卵をよだれ鶏のタレで和《あ》える。タレさえ作っておけば、和える具材のバリエーションは無限にある。

「全部載せで」

「僕も」

二人は勢いよく乾杯すると、喉《のど》を鳴らしてビールを呑《の》んだ。

「あ〜、生き返るわあ」

「会社と外の温度差がすごくて、やんなるよ」

「そうそう。表に出た途端、ジワ〜ッと汗が噴き出してきて」

恵はお通しを皿に取り分けながら尋ねた。

「ところでAI婚活、どうなってますか？」

「一応入会の手続きは済ませたけど」

「最初にアンケートいっぱい書かされるんですよ。全部で百問くらいあったかな」

豊は確認するように杏奈を見た。

「〝自分に正直〟とか〝相手に共感〟〝周囲との協調〟……全部で十いくつか項目があって、それぞれについて書くことで〝自分が重視する価値観〟と〝相手に求める価値観〟を導き出すのね。それを元に担当者が本人の特長や好みを書いた紹介文を作って、それをAIが分析して、相性の良さそうな相手を探して紹介してくれるんですって」

杏奈の説明に、恵はある程度納得した。

「なるほど。ご本人の意識調査を丁寧《ていねい》にやって、細かい点まで価値観を探るってことですね」

人間が仲人《なこうど》をする場合の〝釣書《つりがき》〟も似たようなものだ。結婚相談所のプロフィールには、本人の学歴や職歴、地位はキチンと書いてあるが、価値観は詳しく書いていない。もっともベテランの〝仲人おばさん〟は、当人同士を見ただけで結婚に至るか否《いな》か分かると言うが。

「ただ、僕は自分が書いたわけでもない紹介文に、どこまで僕自身の実体が表れているのか、疑問だったりもするんですけどね」

「もう、どなたか紹介されました？」

一瞬、杏奈と豊は探るように互いの顔を見た。

「私はまだ。今月中には紹介してもらえることになってるんだけど」

「僕は一応、一人紹介されました。今度リモートで話をして、お互い気が合ったら次は直接会うことになります」

「順調に運んでいるみたいで、良かったですね」

「AIが見つけてくれた相性の良い人がどんな人か、ちょっと興味はありますが」

豊はよだれ鶏風のナスと卵を一緒に口に入れた。

「あ、これ、ビールに合いますね！　豆板醤《トウバンジャン》とニンニクが利《き》いてる」

その言葉につられるように、杏奈もよだれ鶏風に箸《はし》を伸ばした。

「ホント、いけるわ。ナスと茹で卵って、相性良いのね」

「このタレ、色々使えるんですよ。蒸し鶏にはもちろん、お豆腐や茹でた豚肉とか」

杏奈はひょいと肩をすくめた。

「私、自分で作るよりここで食べるわ。料理、苦手だもん」

豊がからかうように訊《き》いた。

「それ、アンケートに書きました？」

「全然。だってアンケートにそんな項目なかったもん」

「じゃ、相手に求める価値観に、料理が得意とか」

「書いてない」

「追加しないとヤバくないですか」

恵は笑顔で割り込んだ。

「杏奈さん、お母さんはお料理得意？」

「うん。色々作る方だと思う」

「じゃあ、大丈夫。お母さんが作るのを見て育った人は、自分で料理しなくても、必要に迫られれば出来るようになるから」

杏奈も豊も意外そうな顔をした。

「つまり、ロールモデルがあるってこと。私も料理はほとんど作ったことなかったけど、この店を始めてから必要に迫られて、昔母が料理していた姿を思い出して、何とか出来るようになったの。だから杏奈さんも大丈夫よ」

「そんなもんですか？」

豊は半信半疑の体《てい》で、恵と杏奈を見比べた。

「そんなもんですって。だから、親に限らず誰かが料理する姿を見ないで育った子は、一から勉強しないと難しいと思うわ」

「ママさんに言われると、安心するわ」

杏奈は壁のホワイトボードを見上げた。

今日のお勧め料理は冷やしトマトおでん、鯵《あじ》のなめろうまたはフライ、茹でインゲン（生姜醤油）、シシトウの串焼き、トウモロコシの天ぷら、エビ雲呑《ワンタン》。

「まずはトマトおでん。それと、なめろうって何？」

「外房《そとぼう》の漁師料理です。鯵のお刺身を小ネギ、味噌《みそ》、生姜と包丁《ほうちょう》で叩《たた》いて、うちは隠し味で、ニンニクの擂《す》り下ろしもちょっと入れてるんですけどね。日本酒に合いますよ」

「それ、下さい。あとは……エビ雲呑って、新作？」

「今日がデビューです。ツルッと食べられるんで、シメにピッタリですよ」

豊がゴクリと喉を鳴らした。

「僕もなめろうと冷やしトマトおでん。それとトウモロコシの天ぷら。シメはエビ雲呑を頼みます」

すると杏奈がからかうように言った。

「あら、珍しい。先におでんじゃないのね」

「今日は暑すぎて。まずは冷たい料理で身体を冷やしてからじゃないと、おでんに立ち向かえない」

恵は申し訳なさそうに小さく頭を下げた。

「ごめんなさいね。おでんはやっぱり寒い季節向きよね」

豊はあわてて顔の前で片手を振った。

「そんなことありませんよ。おでんは一年中美味《おい》しいです」

「そうよ。中国人は夏でも火《ひ》鍋《なべ》を食べるじゃない」

豊はキュウリとジャコの炒め物を一口食べ、「これも美味《うま》いなあ」と呟《つぶや》いた。

「そういえば、会社の先輩の奥さん、中国人なんですけど、日本に来て驚いたことの一つが、冷たい食べ物が多いことだって言ってましたよ」

「冷やし中華とか？」

杏奈もキュウリをつまんで口に運んだ。

「うん。他にも素麺《そうめん》とか冷麺とか冷《ひ》や奴《やっこ》とかあるし、蕎麦屋のメニューは必ず冷たい麺とあったかい麺があるでしょ。自動販売機では冷たいお茶を何種類も売ってるし。中国ではそういうのなかったって」

「考えてみれば冷たい中華料理って、冷やし中華と前菜盛り合わせしか思い浮かばないわ」

杏奈は生ビールを呑み干した。

「ママさん、なめろうに合わせる日本酒、何がお勧め？」

「杉錦《すぎにしき》の純米吟醸《ぎんじよう》は如何《いかが》ですか。静岡の小さな蔵元さんのお酒で、なかなか手に入らないんですけど、味は酒屋さんの保証付き」

杉錦は穏《おだ》やかな香りと優しい口当たりの酒で、喉ごしの感触も素晴らしい。上質の材料を使って丁寧に作られているのが伝わってくる。もちろん、新鮮な魚介との相性は抜群だ。

「それ下さい。ええと……二合ね」

恵は豊洲《とよす》で仕入れた鯵の刺身と小ネギ、味噌、擂り下ろした生姜とニンニクをまな板に載せ、包丁で叩き始めた。軽快な音が響くと、杏奈と豊は椅子《いす》から腰を浮かせてカウンターの内側を覗《のぞ》き込んだ。

「音聞いてるだけで、よだれが出そう」

ガラスの皿を二枚出し、大葉《おおば》を敷いてなめろうを盛り付けた。

「お待たせしました。お酒はすぐに」

早速箸を伸ばした豊は、なめろうを口に入れて呻《うな》った。

「これ、ご飯にも合いそうですね」

「なめろう丼《どん》とか、なめろう茶漬《ちゃづ》けもあるんですよ」

恵は杏奈の前に杉錦のデカンタとグラスを置いた。

「それも美味しそう。最初丼《どんぶり》で食べて、最後にお茶かけて……」

「お酒で半分召し上がって、残りを丼にしましょうか?」

杏奈はなめろうをひと箸食べてから杉錦を口に含み、残念そうに首を振った。

「ダメ、とても残せないわ。お酒が止まらない」

豊は、ジョッキにほんの少し残ったビールとなめろうを見比べた。

「ママさん、僕も同じお酒、二合下さい」

「はい、ただいま」

「あの、なめろう茶漬けって、お茶かけるんですか？」

「お茶とお出汁《だし》と、両方あるみたいですよ。他にもお湯とか、冷たい出汁とかもあるし。元が漁師料理だから、きっと各家庭で違うんじゃないかしら」

恵はトウモロコシの粒を天ぷら粉に混ぜ、大きめのスプーンですくって油に落とした。油の量は深さ三センチもあれば十分なので、今日はフライパンを使用した。温度が高すぎるとまとまりにくいので、百八十度以下に保っている。だから油のはぜる音はあくまで穏やかで、甘く優しいトウモロコシの味に相応《ふさわ》しい。

「はい、どうぞ」

豊は今日は慎重に、よく吹いてから小さめに囓《かじ》った。

「甘い……」

杏奈はグラスを片手に、チラリと天ぷらの皿を見た。

「トウモロコシの天ぷらって、いつ頃からあるの？」

「さあ……」

恵の覚えている限り、子供の頃は見かけなかった。屋台で売っている焼きトウモロコシかコーンスープが専《もっぱ》らだったように思う。

「いつ頃からなのかしら。この店を始めた頃にはもう、居酒屋さんの定番メニューになってたけど」

「コロンブスがアメリカ大陸を発見した後なのは確実ですね」

豊は真面目《まじめ》くさって言った。

そのとき、新しいお客さんが三人入ってきた。先頭に立つのは常連の大友《おおとも》まいだ。

「こんばんは。今日は珍しいお客さんをお連れしたわ」

まいが連れてきたのはまだ若い外国人の男女だった。女性は白人で、男性は黒人だ。

これまで、めぐみ食堂に外国人のお客さんが訪れることはあまりなかった。杏奈も豊も気になるようだ。

三人は、まいを真ん中に挟《はさ》んでカウンターに座った。

「いらっしゃいませ。ウェルカムトゥめぐみ食堂」

恵はおしぼりを差し出しながら拙《つたな》い英語で挨拶すると、まいは両隣の男女を紹介した。

「お二人は英会話の先生で、アンディさんとアビーさんです」

「初めまして。ステキなお店ですね」

「まいちゃんからお話聞いてます」

どちらも流暢《りゅうちょう》な日本語だった。男性の名はアンドリュー・ジャクソンでジャマイカ出身、女性はアビゲイル・フォードでオーストラリア出身だと自己紹介した。

二人とも三十前後らしい。

「お飲み物は何がよろしいですか？」

「中生」

「私、レモンサワー」

アンディとアビーはすぐさま答えた。

「私、スパークリングワインをグラスで」

「スペインのカバになりますが、よろしいですか？」

恵がドゥーシェ・シュバリエの瓶《びん》を見せると、アンディは感心したように言った。

「カバ置いてあるん？　洒落《しゃれ》た店やねえ」

言葉が完全な関西弁になった。

「言ったでしょ。おでんはもちろん、料理もお酒も吟味《ぎんみ》した物を置いてるのよ」

まいが少し得意そうに言った。

乾杯が終わると、三人はカウンターの大皿料理を眺《なが》めた。

「ええと、こちらがお通しになります。二品で三百円、五品で五百円です」

「ほんなら全部」

アンディが真っ先に注文すると、まいとアビーも全部載せを選んだ。

「何か苦手な食材、召し上がれない料理はありますか？」

アンディもアビーも即座に首を振った。

「生まれはジャマイカ、育ちは大阪ですねん。納豆《なっとう》以外、何でもいけまっせ」

「カワイソー。私なんか水戸《みと》にホームステイしてたから、納豆大好きよ。お寿司《すし》は絶対納豆巻き」

「ははあ、そやからべったり糸引く性格なんやね。今時、女の恋は上書き保存、別れたら次の人でっせ」

「あんたに言われたくないわ。カノジョに振られて酔っ払って三崎口《みさきぐち》まで行って、帰れなくなったくせに」

二人の遣り取りは漫才のようで、持ちネタかと思うほどだ。二席離れたカウンターで、杏奈と豊も、笑いを噛《か》み殺している。

「京浜《けいひん》急行の三崎口ですか？」

「当時京急川崎《けいきゅうかわさき》に住んでましてん。つい寝過ごして終点まで。あれに懲《こ》りて巣鴨《すがも》に引っ越しましたわ」

アンディは神妙に頷《うなず》くと、パプリカと豚肉の梅煮をつまみ、「これ、ウマ」と呟いた。

まいはスマートフォンを取り出し、目の前のお通し全部載せを写真に撮ると、ホワイトボードを見上げた。

「ええと、今日のお勧めは……」

すると、アビーが嬉《うれ》しそうに言った。

「なめろうがある！」

なめろうはメジャーとはいえない料理なので、恵は少し驚いた。

「ご存じですか？」

「水戸のお母さんが千葉県出身で、たまに作ってくれました。鯵だけじゃなくて、カツオやブリでも作るんですよ」

水戸のお母さんというのは、アビーが高校生時代にホームステイしていた家庭の主婦のことだ。

「最初はハンバーグみたいに焼いて出してくれました。あれも美味しかったけど、そのうち生も好きになって。東京はなめろうをメニューに入れてる店、あんまりないでしょ。今日はラッキー」

アビーはそう言って両手の親指をぐいっと立てた。

「確か、なめろうを焼いたのはサンガ焼きとか言うのよね？」

「さすがまいさん、よくご存じ」

「私は焼かないなめろうとトウモロコシの天ぷら下さい」

「私も同じ」

するとアンディが尋ねた。

「ママさん、この店、たこ焼きはないですか？」

「たこ焼きですか？」

唐突な問いかけに、恵は思わず聞き返した。

「自分、大阪育ちやから、うどんとたこ焼きはソウルフードですねん。ちなみに野球は阪神タイガース、新聞はデイリーひと筋」

「この人、もう一度阪神が優勝して、道頓堀《どうとんぼり》でダイブするのが夢なんですって」

アビーはバカにしたようにアンディを指さしたが、本人は平然としていた。

「前の優勝のときはまだ日本に来る前でしたよって」

アンディはパッと顔を上げた。

「しゃあない。僕もなめろうと天ぷら」

「はい、ありがとうございます」

恵は包丁を手に、しばし考え込んだ。

今までめぐみ食堂で、たこ焼きを出すという発想はなかった。それは、おでんはおでん屋、たこ焼きはたこ焼き屋で売るものだという固定観念にとらわれていたからだ。しかし考えてみれば、軽食としてのたこ焼きは、めぐみ食堂で出してもおかしくない。

「アンディさん、ありがとう。今度、お店でもたこ焼きを出すことにします」

「ほんまでっか？」

「ほんまです。ただ、ここで出すならたこ焼きより明石焼きにしたいと思います」

「あれは全然別もんや」

アンディは大袈裟《おおげさ》にがっかりして肩を落とした。

明石焼きは卵主体のフワフワした食感の焼き物で、出汁に浸《つ》けて食べる。地元の明石市では「卵焼き」と呼ばれているくらいで、たこ焼きとはルーツも材料も道具も違う。たこ焼きが鉄製の焼き板を使うのに対し、明石焼きは熱伝導の良い銅製で、短時間で火を通し、フンワリした食感に仕上げる。

実はこのとき、恵の頭にあったのは「出汁に浸けて食べるタコの入ったフワフワのたこ焼き」のイメージだけで、銅製の焼き板を使うことまでは知らなかった。家庭用たこ焼き器を使えば素人《しろうと》でも作れると、軽く考えていた。

「でも、明石焼きの方が良いかも知れない。上品で優しい味だから、シメのひと皿に向いてるわ」

まいはそう言って、カバのお代わりを頼んだ。すると、最初の酒を飲み終えたアビーとアンディも続いた。

「私も次はカバにするわ」

「ほんじゃ、付き合いますわ。カバ下さい」

三脚のフルートグラスになみなみとスパークリングワインを注《つ》ぐと、きりよく瓶は空《から》になった。

恵は三人分のなめろうを仕上げ、カウンターに置いた。

「ああ、美味しそう」

まいは、またもやスマートフォンでなめろうの写真を撮った。

恵はトウモロコシの天ぷらに取りかかった。

生のトウモロコシを三等分して、かつらむきの要領で粒を剝《は》がしてゆく。粒を丸ごと取り出すと、揚げている最中に破裂してしまう。

「ママさん、おでんいいですか？」

豊が声をかけた。

「牛スジと葱鮪《ねぎま》とつみれ。それとちくわぶ」

「私も同じ。でも、ちくわぶじゃなくてがんもどきね」

二人ともおでんは二皿目になる。日本酒は喜久酔《きくよい》を一合ずつ注文した。

そこへお客さんが二組入り、カウンターは満席になった。恵は飲み物と料理の注文に応じるのに忙しく、客席との会話も途切れがちになった。

「エビ雲呑下さい」

杏奈と豊はシメの注文をした。

「はい、ただ今」

おでんの汁を小鍋に取り、少し水で薄めたら作っておいた雲呑を加え、火にかける。

雲呑の中身はみじん切りにしたエビと長ネギと生姜。隠し味で味覇《ウェイパー》を使った。冷凍のエビでも、塩と片栗粉をまぶして洗い流し、日本酒をかけておけば、臭《くさ》みが抜ける。めぐみ食堂のおでんの出汁は、かつおぶしと昆布《こんぶ》と鶏ガラで取っているので、雲呑にもよく合う。

「お待たせしました」

小丼に雲呑をよそい、レンゲを添えた。

杏奈と豊は鼻の頭に汗を浮かべながらスープを啜《すす》り、雲呑を注意深く吹いてから口に入れた。

「……ツルツル」

「雲を呑むって書くのが、よく分かります」

杏奈は少し声を落として尋ねた。

「明石焼きは、いつやるの？」

「来月かしら。作ったことないから、家で練習しないと」

「出す日が決まったら教えて。食べに来るから」

「僕も」

「ありがとうございます。頑張ります」

恵は二人の勘定《かんじょう》を計算し、レシートを差し出した。

二人を見送ってカウンターに戻ると、まいたち三人はスマートフォンを片手に何やら話し込んでいる。

まいが恵の視線に気がついて顔を上げた。

「私のスマホのアプリ、ほとんどお二人が入れて下さったのよ」

「フェイスブックですね」

まいはあれから何度かめぐみ食堂を訪れて、その度《たび》にフェイスブックの友人のことをのろけた。のろけといっても、映画や小説の感想を褒《ほ》められたとか、昔飼っていた猫の話で盛り上がったという類《たぐい》の、たわいもない話だったが。

「そうそう。アンディさんに、他にもLINEとかツイッターとか、インスタグラムとかモバイルSuicaとか、便利なアプリを入れてもらったの。お陰で今は、バスも電車も全部スマホで乗れるし、コンビニもスーパーもほとんどスマホ決済よ」

「まいさん、どんどん進化してますね」

「進化してるのはお宅の料理よ」

まいは新しく出した料理をスマートフォンで撮影した。

「料理と動物はＳＮＳの鉄板ですよってな」

アンディが口を添えた。

「最近は教室でも、英会話が上達してきたって褒められるの。単語もすぐ出てくるようになって……ＳＮＳのお陰かしら」

まいが言うと、アビーが力強く同意した。

「文字に書くと覚えやすいんですよ。言葉は聞いて話すのも大事ですが、それ以上に読むのと書くのが大事なんです。私も日本語をそうやって覚えました」

それからアビーは恥ずかしそうに微笑《ほほえ》んだ。

「英会話のレッスンでお金をもらってるのに、こんなこと言っちゃいけないんですけどね」

「でも、アビー先生の言う通りです。私、毎日英語でメッセージ交換するようになったら、英語の覚えが全然違いますもん」

恵は、最高難度の試験にいくつも合格した有名なコメンテーターが、暗記のコツを訊かれて「とにかく手を動かす。それによって身体が覚える」と答えていたのを思い出した。

「日本にいながら世界中の人と気軽にメッセージ交換出来るなんて、本当に便利になったわ。私の若い頃は雑誌に〝文通コーナー〟なんていうのがあったもんだけど」

まいが溜息混じりに言うと、アンディがスマートフォンをトントンと指でつついた。

「SNSは世界中に利用者が三十八億もいるさかい、相手も選《よ》り取り見取りやしね」

「そうなのよ。世の中には珍しい仕事や環境があるのよね。私なんかには想像も出来ないわ」

まいはすっかりSNSにハマっているらしい。

「英会話に自信がついたら、外国旅行でもなさいます?」

「今ね、考え中なの。新婚旅行でヨーロッパへ行ったときは駆《か》け足の団体ツアーで、どこで何を見たのか、あんまり印象に残ってないの。今度は中東とか、行ったことのない国に行ってみたいわ」

イケメンのフェイスブックの友人のことでも思い出したのか、まいはうっとりと目を細めた。

その夜も満席になり、五席は二回転して上々の入りだった。しかも十時過ぎにはお客さんが帰り始め、十時半には全員引き上げた。

恵は早仕舞《はやじま》いすることにして、暖簾を仕舞おうとカウンターを出た。すると、入り口の戸が開いて藤原海斗《ふじわらかいと》が顔を覗かせた。

「こんばんは。まだ、大丈夫かな」

「もちろんですよ。どうぞごゆっくり」

恵はいそいそと海斗を通し、暖簾の裾《すそ》をめくって横棒に掛け、〝営業中〟の札を裏返して〝準備中〟にした。

「悪いな。看板だったんだ」

「気にしないで下さい。今日は大入りだったから、あとはのんびりやります」

恵はカウンターに戻り、おしぼりを渡した。大皿料理は枝豆と梅煮しか残っていない。しかし、幸い海斗の大好きな〝トー飯《めし》〟用に、おでんの豆腐は残っている。

「お通し、残り物だからサービスです。お飲み物はどうされます？」

「ビール。瓶で下さい」

恵はビールの栓《せん》を抜き、グラスと一緒に出して、一杯目を注いだ。お客さんに依《え》怙贔屓《こひいき》は禁物だが、人間だからどうしても好みはある。海斗は上客で好感度抜群なので、ついサービスしたくなってしまう。

「私もいただこうっと」

恵も自分のグラスを出し、喜久酔を注いだ。

海斗はグラスを上げて恵と乾杯してから、ホワイトボードに目を遣った。本日のお勧めは、エビ雲呑以外は売り切れだった。

「残念。なめろうを召し上がっていただきたかったのに」

「それは次の楽しみに取っておくよ。おでん、適当に見繕《みつくろ》って」

おでん鍋に残った大根とコンニャク、さつま揚げ、つみれを皿に取った。と、菜箸の先が一個残ったちくわぶに触れ、恵は妙におかしくなった。

「藤原さん、ちくわぶはお好きですか？」

「別に。嫌いじゃないけど好きでもない。余ってるならもらうけど」

恵はちくわぶも皿に拾い上げた。

「ちょっと前、ちくわぶで大論争になったんです。思い出しちゃった」

「こんなものが論争のタネになるの」

海斗は物珍しそうにちくわぶに目を落とした。

「こんなのただの小麦粉の塊《かたまり》だって言う人と、東京のおでんを代表する食材だって言う人がいて」

　グラスを傾けると喜久酔がすっと喉を通り、爽《さわ》やかな残り香が鼻に抜けた。

「新しく始めたＡＩ婚活の方は、その後如何ですか？」

　海斗は自信たっぷりに微笑んだ。

「上々。今は婚活だけじゃなく、就職試験の採用面接にもＡＩ面接システムが活用されていてね。我が社への依頼も去年の六割増しだ」

「ええと、ＡＩが面接するんですか？」

「そう。スマートフォンを通して応募者に質問を重ね、その回答をＡＩで分析する」

　ＡＩはバイタリティー・自主性・計画力など、十数項目について評価する。それを元に人間の担当者が最終的な合否を決めてゆく。質問は一時間ほどで、通常の採用面接の二〜三倍になるが、直接問答するわけではないので、面接官の負担にはならない。

「ＡＩは空気を読まないから、回答が曖昧《あいまい》だったり分かりにくかったりすれば、何度でも質問する。だからその場の雰囲気や勢いではごまかせない。本人の実力が現れる。そして過去の行動を分析すれば、未来の行動も予測出来る」

「何でもＡＩで分かるんですかねえ」

「まあ、人間の個性は簡単に変化しないから」

恵は「三つ子の魂百まで」と「男子三日会わざれば刮目《かつもく》して見よ」という、相反することわざを思い浮かべた。

「そうそう、浄治大《じょうちだい》オーケストラの田代杏奈さん……」

海斗はオーケストラの理事を引き受けているので、インスペクター（幹事役）を務めた杏奈とは知り合いだ。

「藤原さんの会社でＡＩ婚活始めたんですよ」

「へええ」

海斗は意外そうに眉《まゆ》を吊《つ》り上げた。

「驚いたな。彼女、まだ若いでしょう。婚活に積極的になるのは、もう少し年齢の高い女性だと思ってた」

「私が是非にと勧めたんですよ」

恵はドンと胸を叩いた。

「一生独身を通すつもりじゃないなら、婚活は早い方が良い、どうせなら最新のＡＩ婚活を試しなさいって」

「それはそれは、ありがとう」

海斗はおどけて頭を下げたが、すぐに表情を引き締めた。

「でも、恵さんの言う通り。女性の場合、どうしても若い方が有利だ。彼女は容姿も優《すぐ》れてるから、すぐに条件に合う相手が見つかるんじゃないかな」

恵は声には出さず、「ちくわぶと尾崎《おざき》豊と夏目漱石《なつめそうせき》の嫌いな人」と呟いた。

「それに、AI婚活の成婚率は従来の婚活事業に比べて、マッチング成立が、十三%から二十九%に上昇したというデータもある。だから絶対上手《うま》くいくよ」

「……三割も。やっぱりAIの賜物《たまもの》ですか?」

「ざっくり言えばね」

海斗は空になったグラスにビールを注ぐと、恵の方を見た。

「AI婚活の優れているところは、〝ちょっとだけ条件に合わない相手〟でも勧めてくれることにあるんだ」

「は?」

「この企画を立ち上げてすぐ、結婚相談所に登録してお見合いを繰り返しても成婚に至らない男女には、一つの共通点があると気がついた。相手に求める条件をまったく変えられないんだよ。二十代の女性にこだわる四十代男性とか、年収六百万円以上の男性でないと結婚したくない女性とか」

「あるある！」

恵はポンと手を打った。

「ほんの少し条件の幅を広げれば、自分と相性の良い相手に出会えるかも知れないのに、頑《がん》として変えられない。そしていたずらに幸せを摑《つか》むチャンスを逃《のが》してゆく」

「仰《おつしや》ること、よく分かります。ホントいますよ、そういう人」

「ところがＡＩは本人の心理を細かく分析して、少し条件が合わなくても〝これくらいなら許容出来る〟という相手も探し出してくれる。だから、実際に会ってみたらすごく気が合って、結婚に至ったという例が多いんだ」

海斗はビールを一口呑んでから、先を続けた。

「それに、ＡＩ婚活では見合いのハードルが下がるのも発見だった。従来型の結婚相談所では、女性会員は男性会員の半分くらいしか見合いに進まない。断られたら恥ずかしいという心理が働くんだな。ところが〝ＡＩが選んでくれた相手〟だと、それだけで気が楽になるらしくて、見合いに進む女性が五割も増えた」

「お話を伺ってると、ＡＩ婚活は良いことずくめですね」

「問題はこれからだよ」

海斗の目が一瞬、冷たく光った。

「僕はＡＩ婚活で結婚したカップルの離婚率に興味がある」

「ええと、確か日本では結婚したカップルの三分の一が離婚……」

「それは正確じゃない」

海斗は顔の前で右手の人差し指を立て、メトロノームのように振った。

「一年間の結婚数を離婚数で割っただけの数字だ。少子化で毎年結婚する数が減ってるから、どうしたって離婚率が高くカウントされる」

日本政府が離婚率に使っている統計は、人口千人当たりの年間離婚件数である。これとて不備はあるが、今のところ離婚率は世界中でこの方式が使われている。

「最近では千人当たり約１・７で、これは特に多くも少なくもない。英・仏・独と比べても大差ない」

ちなみに統計を取り始めてから、最も離婚が少なかったのは、高度経済成長期の一九六三年の０・７３で、多かったのはバブルの終わった二〇〇二年の２・３である。

「恋愛、あるいは他の婚活で結婚したカップルと、ＡＩ婚活で結婚したカップル、それぞれの離婚率が知りたい。もしＡＩ婚活で結ばれたカップルは離婚率が低いとなれば、これからの婚活はＡＩが独占するかも知れない」

恵は、ＡＩのお導きで就職した若者や結婚したカップルが、街中に溢《あふ》れる様子を想像した。もちろん、本人達が幸せになるのが一番大切で、仲介がＡＩだろうが仲人おばさんだろうが構わない。だが、何もかもＡＩに任せた方が上手くいくのなら、人間は何のために生まれてきたのだろう？

「何だか、浮かない顔ですね」

恵はあわてて首を振った。

「いえ、そういうわけじゃないんです。ただ、ＡＩがあんまり優秀だと、人間の出番がなくなっちゃうような気がして」

「そんなことありませんよ」

意外にも海斗は確信に満ちた声で言った。

「ＡＩは失敗しない。でも人間は失敗する。だからＡＩは人間の代わりは出来ないんです」

恵はまじまじと海斗の顔を見直した。

「もしかして、心境が変わったんですか？　人間の女性を好きになったとか」

海斗は唇《くちびる》をへの字に曲げて苦笑した。

「それとこれとは話が別です」

どうやら、まだＡＩの恋人への愛は冷めていないらしかった。

「土曜日に紹介された女性と会うんですよ。ここへ連れてきてもいいかな？」

恵も杏奈も「ええっ！」と叫んだ。

暦が八月に変わってすぐの月曜の夕方、口開けの客になった杏奈が、レモンハイを呑みながらお勧め料理の品書きを眺めていると、豊が入ってきて、椅子に座るなり告げたのだ。

「ど、どんな人？」

恵も杏奈も思わず身を乗り出した。

「製薬会社に勤めてる人です。同い年で、趣味が読書と音楽……」

「尾崎豊と夏目漱石が好きなのよね？」

杏奈が興奮気味に尋ねた。

「八〇年代のＪ－ＰＯＰが好きだそうです。そこは僕と趣味が一致して」

「うちは大歓迎だけど、うちで大丈夫なの？　お見合いならフレンチとかの店の方がいいんじゃない？」

恵はおしぼりを渡して訊いた。

「リモートで会ったときに、この店のことも話したんです。そしたら、是非行ってみたいって言ってました。それに……」

豊は決まり悪そうに苦笑いした。

「僕としても、ママさんに彼女を見て欲しいんです。そもそもＡＩ婚活を始めたのもママさんの勧めだし、上手くいくかどうかも、ママさんなら分かるかも知れないし」

「ああ、それで二人が結ばれたら、ステキ！」

杏奈が胸の前で両手をギュッと握った。

「織部くんが結婚したら、私も良い相手と巡り会えるかも知れない」

それから豊に向き直り、拝《おが》む真似《まね》をした。

「ねえ、私も土曜日、店に来ていい？　知らないふりしてずっとそっぽ向いててあげるから」

「いや、別にそっぽ向かなくてもいいよ」

杏奈は鼻の穴を膨《ふく》らませて、大きく息を吸い込んだ。

「AIのお手並み拝見ね。人工知能が本当に相性の良い相手を選んでくれるのか」

「ええと、まずは中生で」

豊はカウンターの大皿料理を眺めた。

今日はカボチャの煮物、茹でインゲン、ナスとピーマンの味噌炒め、冬瓜《とうがん》とエビの冷や煮、トマトと卵の中華炒め。

「やっぱり全部載せ」

「今日、明石焼きがあるわよ」

杏奈はホワイトボードを指さした。

「早いなあ」

恵は豊の前に生ビールのジョッキを置き、曖昧に微笑んだ。本当は明石焼きには銅製の焼き板を使うのだが、家庭用のたこ焼き器で代用している。それでも結構美味しく出来たので、お客さんには内緒にしておくつもりだ。

本日のお勧めはカワハギ（刺身またはカルパッチョ）、空心菜《くうしんさい》炒め、イチジクの揚げ出し、トウモロコシの天ぷら、明石焼き。

「シメは明石焼きとして、まずはカワハギのカルパッチョと……イチジクの揚げ出しって何？　フルーツだよね？」

「イチジクって、料理の具材にも使われるのよ。蒸して甘味噌をトッピングしたり、ブルーチーズと和えたり。イチジクの甘さが塩気と混ざって、お酒の肴《さかな》にもピッタリ」

杏奈も豊も、説明を聞いただけで食欲を刺激されたらしい。

「私、カルパッチョとイチジクの揚げ出し。シメは明石焼きね」

「僕も！」

二人はレモンハイと生ビールで乾杯した。その後は料理と酒が進んで、大いに盛り上がったことは言うまでもない。

その日は早い時間にお客さんが集中して、十時を過ぎると一人だけになった。最後のお客さんもそろそろお勘定だ。

早仕舞いにしようかな……。

そんなことを考えていると新しいお客さんが入ってきた。大友まいだった。

「こんばんは。この前のスペインのお酒、グラスで」

それを潮《しお》に、残っていたお客さんは腰を上げた。

まいはお客が自分一人になると、バッグからスマートフォンを取り出して、画面を開いてから、ホワイトボードに書かれた本日のお勧め料理を眺めた。

「空心菜が出回ると夏も本番ね。私は空心菜炒めとイチジクの揚げ出し。シメで明石焼きも」

「お相手からは頻繁《ひんぱん》にメッセージが届くんですか？」

「そうなの。一日二回は必ず。それで、私からの返信が遅いと『もう僕のことは忘れてしまったのか』とか言ってくるのよ。時差だってあるのに、イヤんなっちゃうわ」

言葉とは裏腹に、まいは嬉しそうだ。

「それにしても、多国籍軍は何故《なぜ》バーレーンに駐留してるんですか？」

「海賊対策ですって。アフリカのソマリア沖に海賊船が横行してたそうなの。その取り締まりで、多国籍軍が編成されたんですって。お陰で最近は海賊もあんまり出なくなったって、ハリーのメッセージには書いてあったわ」

どうやら二人は互いを「ハリー」「マイ」と呼び合っているらしい。

「私、軍隊のことなんて知らないから、メッセージ読む度にびっくりしちゃう。彼は医者だけど、軍隊にいる人は毎日命がけなのよねえ」

フェイスブックの友人について語る、まいの頬《ほお》は紅潮していた。カバはまだグラスに半分残っている。アルコールのせいではなさそうだ。

「その方、ご家族は？」

「それがねえ」

まいは気の毒そうに眉をひそめた。

「奥さんとは十年前に離婚したそうなの。軍人はどうしても長いこと家を空《あ》けるので、コミュニケーション不足になってしまったって。ハッキリとは言わないけど、どうも奥さん、不倫《ふりん》してたみたい」

いかにもありがちな話だが、現実はそんなものかも知れないと思い、恵は黙って頷いた。

「長い間女性不信が続いていたけど、私とメッセージの遣り取りをしていると心が穏やかになって、癒《い》やされるって言うのよ」

「それは良かったですね」

確かに、まいは穏やかで気持ちの優しい女性だった。直接会って話している恵にはよく分かる。しかし、おそらくは拙い英文の遣り取りだけだろうに、その軍医はまいの気質が分かるのだろうか。

「もう一度女性を信じてみる気になったって」

まいは完全にのろけていた。

　恵はまいのために、それを祝福したい気持ちだった。一人暮らしの未亡人が、イケメンの英国人にお世辞を言われて有頂天《うちようてん》になったとしても、悪いことは何もない。そのバラ色の気分を楽しんで、明日への活力にすれば良いのだ。

「その方は、まいさんと友人になって良かったですね。毎日戦場にいるようなもんですもの。心を許せる相手がいることで、随分と救われるんじゃないですか」

「そう思う？」

「もちろんです」

　まいは両手で頬を挟み、恥ずかしそうに言った。

「実はね、私、プロポーズされたのよ」

　恵は一瞬言葉に詰まった。

「プロポーズですか？」

「そうなの」

「あのう、その方とお会いになったんですか？」

　まいは残念そうに首を振った。

「無理よ。向こうは軍務でペルシャ湾にいるんだもの」

「電話で直接お話はしました？」

「無理よ。私、ヒヤリングも話すのも苦手なの。ネイティブと電話越しに話したって、絶対聞き取れないわ」

何のために英会話のレッスンに通っているのかと思ったが、趣味で習い始めた外国語の実力はそんなものかも知れない。日本人で語学に堪能《たんのう》な人は天才か、仕事に直結してるか、どちらかだ。

「それで、どうなさるんですか?」

「困ってるのよ」

いかにも楽しそうに答えた。少しも困っているようには見えない。

「いい年してバカみたいって思われるかも知れないけど、毎日ものすごく熱烈な愛の言葉が送られてくるとね……やっぱり心が動くわ。『あなたのように心の美しい女性を知らない。もっと早く知り合いたかった』とか、『あなたのことを思うだけで、この地球よりも大きな喜びに包まれる』とか、『世界中のバラをかき集めて花束にして、あなたに捧《ささ》げたい』とか、生まれてから言われたことないもの」

「普通、そうですよ。特に日本人は自分の気持ちを言葉で表現するのがヘタだから……」

言いかけて、恵はそれだけではないと気がついた。

大袈裟な愛の言葉は口に出すと滑稽《こっけい》で、白々《しらじら》しい。まいが軍医だという男の大仰《おおぎょう》な愛の言葉を何の抵抗もなく受け取ったのは、おそらく英語だからだ。日本語で同じメッセージが来たら、さすがに白けるだろう。

「え〜と、イエスの返事をなさったんですか？」

「まだ」

つまり、いずれはＯＫするつもりなのだろうか？

「ハリーはね、『こんなに急なプロポーズでは、自分の愛を信じられないかも知れない。だからマイに誠意を見せたい』って言ってくれたの」

「誠意？」

「彼、秋に退役するんですって。それで退職金が前もって支給されるんで、それを私の口座に送金するって」

恵があまりにも疑わしそうな顔をしていたのだろう。まいは少し気分を害したようだった。

じっと目を凝《こ》らすと、まいの背後の空気は周囲より少し濁っていて、灰色がかって見える。この出会いがハッピーなものなら、こんな色に見えるはずがない。

「まいさん」

恵は意を決して口を開いた。

「この人は近々、何らかの事情で一時的にお金を貸して欲しい、あるいは立て替えて欲しいと頼んできます。もし、そういうメッセージが来たら、返事をする前に私に連絡してくれませんか？」

まいはハッと息を呑んだ。恵がかつて人気占い師で、今も不思議な力を持っていることは、薄々ながら知っている。その恵にこうまでハッキリ言われると、さすがに心配になったらしい。

「……分かりました」

渋々《しぶしぶ》とだが、まいは承知した。それでも注文された料理を出すと、スマートフォンで写真に撮った。ハリーという軍医に送信するのだろう。

恵はまいが気の毒だったが、それ以上に女心を弄《もてあそ》ぶ相手の遣り口に憤《いきどお》りを感じた。

まいが帰ると恵は早々に店を閉め、スマートフォンを出した。一瞬迷ったものの、真行寺《しんぎようじ》巧《たくみ》の番号をタップした。

「どうした？」

呼び出し音の後で、いつものぶっきらぼうな声が聞こえた。

「夜分にすみません。ちょっとだけご相談があります」

「何だ？」

「愛正園《あいせいえん》の大友まいさんが、どうやら詐欺《さぎ》に引っかかってるみたいなんです」

恵はかいつまんで事情を説明した。真行寺は言葉を差し挟まずにじっと聞いていたが、話が終わると即座に言った。

「そいつは国際ロマンス詐欺だ」

「国際ロマンス？」

「三年くらい前、警察の知り合いから聞いたことがある。新聞や雑誌でも取り上げられたはずだ」

国際ロマンス詐欺事件は、海外を拠点とし、以前は電話や手紙、現在はＳＮＳを媒介《ばいかい》に、他人になりすまして相手に恋愛感情を抱かせ、直接面会することなく金を詐取《さしゅ》する手口だ。

なりすます人物は主に白人で、写真は勝手に流用する。職業は軍人、医師、ジャーナリスト、実業家など。

「特に日本人相手には軍人を名乗ることが多い。ほとんどの日本人は軍隊についての知識がないから、欺《だま》しやすいんだろうな」

そして、呆《あき》れたような口調になった。

「どうして会ったこともない相手に大金を振り込むのか、俺には理解出来ん」

「恋に目が眩《くら》んで、理性が麻痺《まひ》するんですよ」

真行寺が「フン」と鼻で笑うのが聞こえた。

「これからどうしたらいいと思います？」

「お前が釘《くぎ》を刺しておいた以上、むざむざ金を欺し取られることはないはずだ。大友さんだってバカじゃない。相手が理由を付けて金を要求してくれば、目が覚めるさ」

「良かった。ちょっと安心」

「もう一つ、注意すべきは二次被害だ」

「えっ？」

「相手と連絡がつかなくなってしばらくすると、仲間が弁護士や警察を名乗って連絡してくる可能性がある。金を取り返してやるとか、犯人逮捕に協力してくれとか言って、もう一度金を引き出そうとするんだ。そっちにも注意するように、お前から言っといてやれ」

「分かりました。色々ありがとうございました」

「それから、詐欺に狙《ねら》われたのは人が好《よ》いからで、落ち度があるからじゃない。そう言ってやれ」

真行寺は最後に柄《がら》にもなく優しい声で言い、通話を切った。

すると、待っていたかのように着信音が鳴った。まいからだ。

「恵さんの言った通りだった」

応答をタップすると、何の前置きもなく、喉に引っかかるような声が聞こえた。

「さっきメッセージが来たの。百万ドルを私の銀行口座に送金しようとしたけど、手数料が一万五千ドルかかるので、それをバーレーンの銀行口座に送金して欲しいって」

まいは苦笑を漏らした。自嘲《じちょう》しているような響きだった。

「バカよね、まんまと引っかかっちゃって。最初からお金が目当てだったのに」

恵はやりきれない思いだった。悪いのは詐欺犯なのに、どうしてまいが傷つかなくてはならないのだろう。

「まいさん、聞いて。詐欺に狙われたのは、あなたが素直で優しい人だからです。落ち度があったからじゃありません。だから今度のことで自分を責めたり、新しいものへの好奇心を失ったりしないで下さい。これまでのまいさんのままでいて下さい。分かりますね？」

恵は続けて、真行寺から忠告された二次被害についても説明した。

「……ありがとう」

小さく、鼻を啜る音が聞こえた。

「私ね、ちょうどお宅で食べた、明石焼きの写真を送るところだったの。『ハリー、あなたにも食べさせてあげたいわ』ってメッセージを添えて」

「ステキじゃないですか。相手がまともな人なら、そんなメッセージもらったらとても嬉しいですよ」

恵は声を励ました。

「これから、一緒に明石焼きを食べる人を探しましょうよ。人生、まだまだ先が長いんですから」

「……そうね」

「アンディさんが言ってたじゃないですか。女の恋は上書き保存、別れたら次の人って」

「そうね。……そうよね」

まいの声に少し力が戻ってきた。

「まいさん、気持ちを切り替えましょう。そうだ、ＡＩ婚活なんかどうですか？」

「え？」

「いつかお話ししたでしょう、ＡＩが仲人する婚活があるって。あれ、私が考えていた以上に良いみたいなんです」

スマホの向こうから、戸惑っているまいの気配が伝わってきた。

「条件にちょっとだけ合わないけど許容範囲の相手を探してくれたりするんです。それに、女性のお見合いのハードルが低くなるんですって」

恵は海斗の話の受け売りを懸命に話した。

やがて、まいが少しずつ気を取り直しているのが感じ取れた。

恵は、まいの新しい幸せを祈らずにはいられなかった。そしてそのために、微力ながらも力を貸そうと決意していた。

四皿目

仁和寺《にんなじ》のピーマン焼売《しゅうまい》

八月最初の土曜日、六時ジャストに恵《めぐみ》が暖簾《のれん》を表に出すと、田代杏奈《たしろあんな》が路地に立っていた。

「まあ、お早いこと」

「だって、待ちきれなかったんだもん」

杏奈はそう言いながら店に入り、カウンターの真ん中に腰を下ろした。今日は織《お》部豊《りべゆたか》がAI婚活で紹介された女性を連れて店に来る。豊は「六時から七時の間」と言っていた。

恵だって興味津々《しんしん》だが、休日にわざわざめぐみ食堂にやってきた杏奈の野次馬《やじうま》根性も大したものだ。いつもは会社帰りに来店するので、それなりにきちんとした服装をしているが、今日はダボッとしたTシャツにジーンズで、いかにも普段着っぽい。

恵がカウンターに戻ると、杏奈が不満そうに唇《くちびる》を尖《とが》らせた。

「正直、ちょっとショック」

「何が？」

「同じ日に入会したのに、織部さんが私より早くお見合いに漕《こ》ぎ着けるなんて」

杏奈は可愛《かわい》らしい顔とグラビアモデル並みの見事な肢体《したい》の持ち主だが、豊は中肉中背でこれといった特徴もなく、有り体《あてい》に言って平凡な印象だ。性格は温厚で忍耐強く、押しの強さはない。その豊に先を越されたのが、杏奈には心外なのかも知れない。

「お飲み物は？」

「ええと……まずは小生」

杏奈はおしぼりで手を拭《ふ》きながら、カウンターの大皿料理を眺《なが》めた。今日のメニューはキュウリと茗荷《みようが》の即席漬《づ》け、ズッキーニと豚肉のキンピラ、タコとオクラの梅和《うめあ》え、鶏肉と厚揚げのガーリック炒《いた》め、卵焼き。

「今日もみんな美味《おい》しそう」

「ありがとうございます。全部載せにします？」

「もちろん」

恵は料理本やネット情報を参考に料理を作ることが多い。他人の考案したレシピには自分にない発想があって、とても勉強になる。ズッキーニをキンピラにするなど、恵にはとても思い付かない。

「でも、この即席漬けも美味しいわよ。いつも食べてる味だけど、やっぱり旬のものは美味しいのかしらね」

塩と砂糖と酢で味付けした文字通りの即席漬けものだが、サッパリ加減が他の料理の箸休《はしやす》めにちょうど良い。

「ねえ、ママさん、織部くんの相手って、どんな人だと思う?」

「さあ……。AIの考えることは、私には」

「私、物静かで落ち着いた感じの人だと思うわ。織部くんもソフトだから、グイグイいくタイプとは合わないと思うのよね」

杏奈は卵焼きを一口で頬張《ほおば》った。

「そういう杏奈さんは、どういうタイプが好みなの?」

「趣味が良くて楽しい人」

杏奈は即答した。

「私、ちょっとファザコンみたいで、亡くなった父に似たタイプの人が好きなの。父は趣味が広くて、スポーツ万能で、クラシックギターの腕前はプロ級だったのよ。それにおしゃれのセンスも抜群で……」

杏奈は亡くなった父親の想い出を熱っぽく語り出した。その口ぶりを聞いていると、亡き父は杏奈の記憶の中で、実物よりかなり美化されている気がした。

ひとしきり話すと、杏奈はビールで喉《のど》を潤《うるお》した。

「ええと、本日のお勧めは……」

スズキ（刺身またはカルパッチョ）、カプレーゼ、空心菜《くうしんさい》炒め、ピーマンの焼売、カジキマグロの大葉《おおば》チーズフライ。

「ピーマンの焼売って、具にピーマンが入ってるの？」

「その逆。焼売の中身をピーマンに詰めてあるの。焼売の皮で包まないから、糖質制限ダイエッター向きね」

「へえ。じゃ、それもらうわ。あと、空心菜炒め」

杏奈は続いて飲み物のメニューに目を落とした。

「二杯目は……泡《あわ》にするわ。スパークリングワイン、ある？」

「前に召し上がったのと同じカバがあります」

「グラスで」

恵は調理に取りかかった。

焼売の具材はホタテの缶詰と豚挽肉《ひきにく》で、おろし生姜《しょうが》を混ぜてある。二つに割ったピーマンに具材を詰めて冷蔵庫に入れておけば、注文が入ったらラップをかけて電子レンジで加熱するだけで良い。

電子レンジのスイッチを入れてから、空心菜を炒め始めた。

刻んだニンニクと油で炒めるまでは同じだが、それからの味付けはあっさり塩味から中華スープ、醬油《しょうゆ》、オイスターソース、ナンプラーと、人や店によって様々なレシピがある。恵は塩と中華スープを使うが、どんな味付けをしても、空心菜のシャキシャキした歯触《はざわ》りが大切なことは共通だ。

「はい、お待ちどおさまでした」

まず、湯気《ゆげ》の立つ空心菜の皿を杏奈の前に置いて、冷蔵庫からドゥーシェ・シュバリエの瓶《びん》を出した。栓《せん》を抜き、ゆっくり注《つ》ぐと、フルートグラスに肌理《きめ》の細かい泡が生じた。

「織部さんの婚活が成功しますように！」

杏奈が高々とグラスを掲げると、そのタイミングで入り口の戸が開き、豊が顔を覗《のぞ》かせた。

「こんにちは」

杏奈は何食わぬ顔でグラスを下ろし、正面を見た。豊に続いて女性が入ってきた。

「ママさん、この間話した益子《ますこ》咲良《さくら》さん」

「ようこそいらっしゃいませ。どうぞ、お好きなお席に」

豊は女性に席を勧め、自分は杏奈と二つ離れた席に座った。

杏奈は顔を正面に向けたまま、何とか豊の相手を見ようと平目《ひらめ》のように横目を使っていたが、その苦労を豊はあっさり無にした。

「こんにちは。今日はお早いですね」

まるで屈託《くったく》のない調子で言うと、咲良を振り返った。

「彼女が田代さん。僕の担当してる麻生《あそう》先生と、オーケストラで一緒に活動してるんですよ」

「まあ、そうなんですか」

咲良は杏奈に会釈《えしゃく》した。前もって豊からちくわぶその他の経緯を聞かされていたのかも知れない。初対面にもかかわらず、表情に親しみが感じられた。

「えーと、飲み物、何がいいですか？」

豊が訊《き》くと、咲良は杏奈の前のフルートグラスに目を留《と》めた。

「こちらのお店はスパークリングワインも置いてあるんですか？」

「はい。ドゥーシェ・シュバリエというスペインのお酒です」

「嬉《うれ》しい。私、カバが大好きなんです。織部さん、それを頼んでもよろしいですか？」

「もちろんですよ。ママさん、僕も同じものを」

そう言ってからカウンターを指し示した。

「この大皿の料理、全部お通しなんですよ。最初は二品チョイスだったんですけど、お客さんのリクエストで全部載せも出来るようになって」

「おでん屋さんなのに料理が色々あって、みんな美味しそう」

二人はグラスの縁《ふち》を軽く合わせて乾杯した。

見たところ、咲良は杏奈の予想した通り、物静かで落ち着いた印象の女性だった。年齢は三十前だろう。染めていない髪をショートにして、顔は化粧っけがない。派手さには欠けるが、肌がきれいで清潔感があり、知的な雰囲気が漂《ただよ》っている。確かに、豊とは相性が良さそうだった。

電子レンジの加熱が終わった。恵は耐熱容器にかぶせていたラップを外《はず》し、ピーマンの焼売を皿に移して杏奈の前に置いた。

「これ、何を付けて食べるの？」

「基本的には焼売と同じく辛子《からし》醬油だけど、お好みで何でも。マヨネーズやケチャップが欲しかったら言ってね」

「は〜い」

杏奈はほんの少し醤油を付けて一口嚙《かじ》った。生姜とゴマ油が香り、ホタテの旨味《うまみ》が全体の味を引き立てている。

「美味し……」

思わず声を漏《も》らすと、豊がチラリと目を遣《や》った。

「お勧め料理、いきませんか?」

咲良は頷《うなず》いて壁のホワイトボードを見上げた。

「おでん屋さんでカルパッチョやカプレーゼって、珍しいですね」

「これがまた美味《うま》いんですよ。生魚といえば刺身一辺倒だったけど、目を開かされました」

二人は食べ物の好みも合っていて、カルパッチョ、カプレーゼ、ピーマンの焼売ですぐに相談がまとまった。

恵が調理に取りかかると、話題は音楽に変わった。

「……どうも、最近の音楽がダメなんですよ。正直、何が流行《はや》っているかもよく分からないんです」

「私も幼稚園の頃聴いた曲は記憶に残ってるんですけど、大人になるにつれて、どんどん流行歌に疎《うと》くなって」

豊が尾崎《おざき》豊について語ると、咲良は由紀《ゆき》さおりとピンク・マルティーニのアルバム『1969』の名を挙げた。一九六九年をテーマにした曲を収録したアルバムで、二〇一一年に発表され、その年の全米iTunesジャズチャートで一位に輝いた名盤である。

「母の誕生日プレゼントに買ったんですけど、実際に聴いたら私の方が夢中になってしまって」

「僕、テレビで由紀さおりが歌ってるの聴きました。あれ、良かったですねえ。歌詞がジワ～ッと心に沁《し》みこむ感じで」

「そうなんですよ」

カルパッチョを皿に盛り付けながら、恵も大いに同感していた。少なくとも二十代までは流行っていた曲が記憶にあるのだが、それ以降は段々曖昧《あいまい》になり、今世紀以降の曲は〝百万枚の大ヒット〟と喧伝《けんでん》されても聴いた覚えがなかったりする。

「スズキのカルパッチョです」

カウンターに置かれた皿を前に、豊と咲良は目を輝かせた。

「おでん屋さんでイタリアンって、良いですね」

「しかもスペインのお酒で」

恵はトマトとモッツァレラチーズをまな板に載せた。次はカプレーゼの出番だ。

「私も今は何の曲が流行ってるのか、全然分からないんですよ。年取ったからだと思ってたんですけど、お若いお二人も同じなんで、少し安心しました」

咲良はゆっくりとスズキのカルパッチョを味わい、遠慮がちに口を開いた。

「私、どうも最近……というより、二〇〇〇年以降の曲って、テンポが速すぎると思うんです。それに歌詞の言葉数が多すぎて、何言ってるか分からなくて。由紀さおりのアルバムの曲は、ほとんどが一つの音符に一音が乗ってるんです。日本語って母音が多いから、理《り》に適《かな》ってるなって感じました」

「僕も同感です。それに最近の曲は、テンポが速いだけじゃなくて、メロディーが複雑すぎると思うんですよ。よっぽど歌の上手《うま》い人じゃないと口ずさめないし」

「そうそう。昔の流行歌って、結構みんな口ずさんでたわ。子供からお年寄りまで」

そして近年は、日本語のイントネーションの上がり下がりと、メロディーの高低が一致しない曲が増えた。昔の流行歌にはそういうことがなかったように思うが……。

「うちの母、筒美京平《つつみきようへい》の追悼《ついとう》番組を観《み》たら、流れてくる曲は全部知ってるって言ってました。〝流行歌〟って、みんなが知ってるから〝流行歌〟なんだと思います。今は、特定のアニメやグループのファンしか知らない曲ばかりで」

亡くなった筒美京平は、戦後の歌謡曲界最大の作曲家だろう。生涯で二千七百曲以上を作った筒美は、必ず歌詞先行で作曲したそうだ。最近日本語のイントネーションを無視した曲が増えたのは、曲先行で歌詞を当てはめることと無関係ではあるまい。

「昔の作曲家はピアノかギターで曲を作ったのに、今はコンピューターで作るんですって。きっと、そういうのも影響してるんでしょうね」

咲良が言うと、豊も共感を込めて頷いた。

AIの分析はさすがだった。豊と咲良は共通の話題が多く、話が弾《はず》んでいる。箸が進んでお勧め料理は空《から》になり、二杯目のグラスも空《あ》いた。

「そろそろおでんに切り替えませんか？」

「はい。おでん屋さんに来ておでんを食べなかったら、それこそ〝仁和寺にある法師〟ですよね」

咲良の言葉に、豊は楽しそうな笑い声を立てた。

これは『徒然草《つれづれぐさ》』に出てくる、岩清水八幡宮《いわしみずはちまんぐう》に参詣《さんけい》に来たのに、肝心《かんじん》の本殿《ほんでん》を拝《おが》まないで帰ってきた僧の話だが、杏奈は何のことか分からず、キョトンとした顔をしている。

そんな三人の様子を前にすると、恵もＡＩに軍配《ぐんばい》を上げざるを得ない気持ちになった。確かに豊と咲良は価値観が似ている。だから反発することなく、お互いをよく理解出来る。

ただ、まだ二人の間に愛を示すオレンジ色の光は見えない。しかし、それはこれから交際が深まれば、自然と生まれるだろう……。

「お勘定《かんじょう》して下さい」

杏奈が早々に腰を上げた。来店してからまだ一時間も経《た》っていない。いつもはあと小一時間ほどかけて、おでんとシメを楽しんでゆくのに。もしかして、豊と咲良の邪魔にならないように気を遣《つか》ったのかも知れない。

「はい。ありがとうございました」

恵は杏奈を見送るためにカウンターを出て、店の外に立った。

杏奈は路地からチラリと店内に目を遣ると、恵の耳元で囁《ささや》いた。

「好《よ》さそうな人よね」

「そうね。お似合いかも」

杏奈はニヤリと笑ってガッツポーズを決めた。

「私も頑張るぞ!」

翌日の日曜日、お昼の一時に、恵は愛正園《あいせいえん》にいた。新《あらた》のお別れ会に招待されたのだ。

新は翌日から支倉《はせくら》家で暮らすことになっていた。まずは新しい家庭で夏休みの後半を過ごし、新学期からは別の学校に通う予定だった。

愛正園には現在、学齢前の子供から高校生まで十二人の子供達が保護されていた。最年少は去年保護された三歳の男の子だった。

食堂には、子供達と園長の三崎照代《みさきてるよ》、そして職員の女性三人の他、事務職の大友《おおとも》まいも集まっていた。食堂の壁は、子供達の手作りらしい色紙のレイや造花、金モールで飾り付けられて、クリスマスパーティーのように華やいでいた。テーブルにはテイクアウトの寿司《すし》とピザ、お菓子類が並んでいる。恵もゼリー寄せとおでんを持参した。

時ならぬパーティー仕様に、子供達は嬉しそうだった。特に幼い子供達は目を輝かせ、はしゃいでいる。

新は晴れやかな表情で、床屋に行ったばかりのようにサッパリした髪型をしていた。

恵はこれまでの経緯を考えると、感慨を覚えずにはいられない。花やしきに行った後、浅草寺《せんそうじ》に立ち寄らなければ、支倉夫妻と出会うこともなかった。偶然とはいえ、それが新の人生を左右したのだ。

それも、花やしきの守り神「ブラ坊さん」の御利益《ごりやく》だろうか？

「では、新くんの前途を祝って、乾杯！」

照代の音頭《おんど》で、一同はジュースとウーロン茶で乾杯した。

「たまには遊びにおいでよ」

「大輝《だいき》も、遊びに来いよ」

凛《りん》と澪《みお》も言った。

「メールちょうだいね」

藤原海斗《ふじわらかいと》が愛正園の子供達にノートパソコンを贈ってくれたので、今ではすっかり扱いにも慣れているのだ。

「うん。お前らもメールくれよな」

大輝と凛、澪の三人は新と同年齢なので、一緒に行動することが多かった。特に凛と澪は、新が園に保護されたときからずっと一緒に過ごしてきた。絆《きずな》が強い分、別れは寂しい。凛も澪も、時々泣きそうになっていた。大輝は寂しそうな素振りを見せないが、内心は哀《かな》しい思いをしているのだろう。

恵は食堂を埋めた子供達の顔を、ゆっくりと見回した。

大輝たちだけでなく、愛正園の子供達はみな、アンビバレントな感情の只中《ただなか》にいるようだ。裕福な家庭に養子として迎えられる新の幸運を祝う気持ちの一方で、その幸運が自分を素通りしてしまったことへの嫉妬《しっと》、羨望《せんぼう》、やるせなさも感じている……。

高校生ぐらいになれば、今更《いまさら》他人の家庭に入る煩《わずら》わしさも想像出来るのでさほどではないが、同い年の大輝、凛、澪の三人は、自分が幸運の女神に見放されたような気持ちになっても仕方ない。

しかし、誰一人そんな気持ちを表に出そうとはしない。一つには新への友情からで、もう一つは、幼いながらも焼きもちはみっともないという矜持《きょうじ》があるからだ。子供達がそんな気持ちを育《はぐく》んでいるのは、ひとえに三崎照代をはじめとする愛正園の職員達の誠意と努力の賜物《たまもの》だろう。

めでたい旅立ちの日に水を差してはいけない。恵は自分の胸に残る一抹《いちまつ》の不安を、無理にもみ消そうと努めた。

　恵はウーロン茶を手に照代に近づいて、小声で言った。

「ステキなお別れ会ですね。新くんにも他の子供達にも、良い想い出になると思います」

「そうなってくれたら嬉しいわ」

　照代は控えめに微笑《ほほえ》んだ。

「新くん一人のために会を催すのは依怙贔屓《えこひいき》じゃないか、他の子供がひがむんじゃないか……そんな声もあったんだけど、私は子供達を信じてます。新くんのお祝いを通して、マイナスの感情ではなく、プラスの感情を持って欲しいんですよ」

　照代の言わんとすることは、恵にもよく分かった。

　今回の新の特別養子縁組は、宝くじに当たったほどの幸運だ。しかし現実には、児童養護施設出身の若者は、進学・就職・結婚等、人生の様々な場面で不利な戦いを強《し》いられ、宝くじに当たることはほとんどない。それでも照代は、子供達に希望を持って前を向いて欲しいのだ。人は後ろ向きになったら、もはや幸せは摑《つか》めない。

「園長先生の仰《おつしや》る通りです」

照代はもう一度、微笑んだ。

「ところで、新くんの新しい学校はもう決まってるんですか?」

「麻布《あざぶ》にあるインターナショナルスクールですって。奥さんもそこの出身だそうで」

新の生活環境は、恵が想像した以上に大きく変わるようだ。

「支倉さんご夫妻は良識のある方達ですから、私は新くんのこれからについては心配していません。慣れない生活で戸惑うことがあっても、ご夫妻の理解と愛情があれば、乗り越えていけると思います」

照代はぐるりと周囲を見回した。

「支倉さんからは子供達全員にプレゼントをいただきました。新くんだけでなく、他の子供達のことも考えて下さるような方なら、安心してお任せ出来ると思ったんです」

恵は浅草《あさくさ》で出会った支倉夫妻を思い出した。

一流建築家の夫と日本画家の妻は、文句なしのセレブなカップルである。しかし、ある日突然大切な一人息子を喪《うしな》い、妻の伊万里《いまり》は悲しみを引きずっているようだった。亡き息子に生き写しだという新を家族に迎えることで、伊万里が悲しみから立ち直り、家族三人で新しい幸せを築いていけたら、こんな素晴らしいことはない。

それなのに、自分は何を案じているのだろう？

恵は自分に言い聞かせるように、もう一度力強く断言した。

「大丈夫。新くん、きっと幸せになれますよ」

支倉夫妻は新を息子として受け入れてくれたのだから、自然と家族としての情愛が生まれるだろう。いや、そうに違いない！

新くん、お幸せに。

恵は心の中でそっと呼びかけた。

翌日、恵はいつものように店を開けた。

八月に入って連日の猛暑だが、ありがたいことに客足はそれほど落ちていない。その日も開店して間もなく常連の四人と三人のグループが来店し、七時までに満席となった。

「ありがとうございました」

七時半には最初の四人グループが席を立ったので、カウンターには余裕が出来た。

すると、すぐに新しいお客さんが三人やってきた。

「まあ、お揃《そろ》いで」

杏奈と豊、それに麻生瑠央《るお》が一緒だった。

「四谷《よつや》で織部くんと打ち合わせでね。ご飯でも食べようかってことになって、四谷といえば、この店でしょ。せっかくだから杏奈さんにも声かけたら、来てくれたの」

瑠央を真ん中にして杏奈と豊が腰を下ろした。

「二人とも、すっかり常連なのね。私がちょっと来ない間に」

瑠央は顔を左右に振り向けて、二人を睨《にら》む真似《まね》をした。

「お飲み物は如何《どう》なさいますか？」

「私、スパークリングワイン。二人もそれで良い？」

杏奈も豊も神妙に頷いたのは、三人で来店したときは瑠央が奢《おご》ってくれるからだ。

恵は、冷蔵庫からドゥーシェ・シュバリエの瓶を取り出して栓を抜いた。三脚のグラスにカバを注ぐ間、三人はカウンターの大皿料理を眺めた。全部載せでも内容は知りたいものだ。

今日のメニューは枝豆、夏野菜のラタトゥイユ、豚肉とオクラとナスのサラダ、カボチャの煮物、ベーコンとインゲンのキッシュ。

新メニューの豚肉とオクラとナスのサラダは、具材をさっと油で炒めてから茗荷と水菜を散らしてドレッシングをかけた、所謂《いわゆる》温野菜サラダだ。

目の前にお通し全部載せの皿が置かれると、三人は一斉《いっせい》に箸を伸ばした。

「全部載せは大正解よね。私、五品から二品選ぶ度《たび》に、別の料理にした方が良かったんじゃないかとか、モヤモヤしてたのよ」

「それじゃ、私の貢献大ね。私のリクエストから始まったメニューだもの」

杏奈は豊の方に首を伸ばしてから、瑠央に顔を向けた。

「織部くんね、この店がすっかり気に入って、先週の土曜にＡＩ婚活で紹介された女性を連れてきたんですよ」

「まあ、隅《すみ》に置けないわね」

瑠央はそう言ってから、改めて怪訝《けげん》そうに尋ねた。

「で、ＡＩ婚活って何？」

「海斗《かいと》先輩の会社で新しく始めた事業です。ざっくりいえば、ＡＩがその人と相性の良い相手を探して紹介してくれるんですよ」

海斗の名を聞いても、瑠央の顔にはまったく動揺がなかった。かつては海斗を巡って、杏奈を含む四人の美女の間で確執《かくしつ》があったのだが、瑠央にとってもすでに過去の出来事になったらしい。杏奈の説明を興味深そうに聞いている。

「なるほどねえ。それで織部くん、どうだった？」

「良さそうな方でしたよ。穏《おだ》やかで落ち着いていて」

杏奈の言葉に、瑠央は目を丸くした。

「知ってるの？」

「だって、見物に来ちゃったんですもん」

「呆《あき》れた」

その声音《こわね》には非難ではなく、好奇心がこもっていた。

「で、どうなのよ、織部くん？」

「はあ、田代さんの言う通りです。わりと好みが一致してて、気を遣わずに話せますし」

「何だか、ＡＩ婚活ってすごそう！」

瑠央は大袈裟《おおげさ》に目を丸くし、胸の前で手を組んで身をよじった。

「藤原《ふじわら》さんのお話では、条件だけで探す従来の婚活より、成婚率がずっと高いそうです」

「どうして？」

恵が海斗から聞いた話を紹介すると、三人は大いに感心した様子で頷いた。

「分かるわ。結婚出来ない人って、男女を問わず条件のハードル、下げられないのよね」

「ちょっとだけ条件に合わないけど、許容出来る範囲の相手っていうのが、すごい響きますね」

「ＡＩが選んでくれた相手だと抵抗なくお見合いまで進めるっていうのも、女心の盲点ついてる感じ」

瑠央はグラスを傾けて一口呑《の》むと、大きく頭《かぶり》を振った。

「でも、結婚するカップルがみんなＡＩで決めちゃったら、小説もドラマも商売あがったりよ。恋愛ってジャンルが消滅するかも知れない」

杏奈は芝居がかった動作でグラスを高く掲げた。

「瑠央さん、織部くん、実は私もＡＩ見合いに進みます」

瑠央と豊は杏奈の方へ身を乗り出した。

「今週の金曜です。私もこのお店を予約します。ママさん、見極めて下さいね」

「謹《つつし》んで承《うけたまわ》ります」

恵も芝居がかった声で答え、一礼した。

「織部くん、良かったら見物に来ていいですよ。私も見ちゃったから、お互い様」

瑠央が自分を指さした。

「ねえ、私も来ていい？」

「もちろんです、どうぞ」

杏奈はグラスに残ったカバを一気に呑み干した。

「ところで、お相手はどんな方ですか？」

「テレビ局に勤めてる人」

杏奈は民放キー局の名前を出した。

「制作局で報道番組を作ってるんですって」

「それ、結構エリートコースじゃないの」

瑠央が不審そうに首を傾《かし》げた。

「別に結婚相談所に登録しなくても、選《よ》り取り見取りだと思うけど」

「私もそう思いました」

杏奈もあっさり同意した。

「その人、三十五歳でバツイチなんです。だから、今度は失敗したくないって気持ちがあったのと、最近話題のＡＩ婚活を体験取材したいってスケベ心もあったみたい」

「なるほどねえ」

瑠央と豊は同時に呟《つぶや》いた。

杏奈がその男性の相手に選ばれた理由は明らかだった。海斗のＡＩ婚活事業に登録した女性の中で、杏奈はおそらく最も若いグループに属し、なおかつ容姿もトップレベルに違いない。

瑠央が残り少ないグラスを見て、杏奈と豊に尋ねた。

「お酒、次はどうする？」

「先生、まずは料理を決めましょう。ええと……」

豊がホワイトボードを見上げると、瑠央と杏奈も視線を上げた。

本日のお勧め料理は車エビとホタテ（刺身またはカルパッチョ）、イチジクの揚げ出し、ピーマンの焼売、カジキマグロの大葉チーズフライ、エビ雲呑《ワンタン》。

「イチジクの揚げ出し、最高ですよ。ピーマンの焼売もホタテの貝柱が入ってて、普通のピーマンの肉詰めとは別の料理でした。エビ雲呑はシメに最高です。つるっつるで」

瑠央は苦笑を漏らした。

「それじゃ、メニュー全部もらいましょうよ。せっかく三人で来たんですもの」

杏奈は瑠央に向かってパンパンと柏手《かしわで》を打ち、手を合わせた。

「先輩、ゴチになります！」

「いいってことよ。その代わり、金曜はじっくり見物させてもらうから」

瑠央は飲み物のメニューを片手に恵を見た。

「ママさん、お酒、何がお勧め？」

「そうですねえ。イチジクの揚げ出しを召し上がっていただくなら、醸《かも》し人《びと》九平次《くへいじ》の別誂《べつあつらえ》は如何《いかが》でしょう？　酒屋さんは野菜や果物を使ったオードブルに合わせると最高だって言ってました。もちろん最高のお酒ですから、魚介にもチーズや揚げ物にも合いますよ」

瑠央は確かめるように杏奈と豊の顔を見た。もちろん、二人とも異議はない。

「じゃあ、まず二合ね」

金曜日、恵は店を開くのが楽しみだった。

杏奈がＡＩ婚活で紹介された相手を連れてくる日だ。野次馬根性と言わば言え。ＡＩが選んだ杏奈の相手を間近で見られるのだ。興味を持たずにはいられない。

恵はカウンターの正面から一つ左寄りの席に箸置きと割箸をセットし、予約席とした。これなら瑠央と豊が来店しても、どこかしらに座れるだろう。

今日の大皿料理は枝豆、イタリア風ゼリー寄せ、油揚げとピーマンの柚子胡椒《ゆずこしょう》グリル、パプリカと豚肉の梅煮、卵焼き。

新作の柚子胡椒グリルは、油揚げとピーマンを魚焼きのグリルで焼いて、柚子胡椒の入ったタレで和えた料理だ。油揚げとピーマンはあまり見ない取り合わせだが、柚子胡椒のピリ辛がアクセントになって、酒の肴《さかな》にピッタリだ。

時計の針が六時になり、暖簾を出した。

今日も蒸し暑かった。日はすでに傾いたが、路地からは昼間の熱気がじんわりと吐《は》き出されてくる。

店に戻り、カウンターに入って団扇《うちわ》を使っていると、十分で常連のお客さんの二人連れが来店した。

「いらっしゃいませ。どうぞ、空いているお席へ」

お客さんが席に着くと、杏奈のことは頭から消えた。いつものめぐみ食堂の時間が始まった。

七時を少し過ぎた頃、入り口の戸が開いて、杏奈と見合いの相手が入ってきた。

「いらっしゃいませ。どうぞ、こちらの席に」

恵が予約席を手で示すと、男性は杏奈を先に座らせてから席に着いた。背が高くすらりとした体つきで、身のこなしはしなやかで洗練されていた。

「こちら、唐津《からつ》旭《あさひ》さんです。先週リモートで知り合ったの」

杏奈は唐津から恵に視線を移動させた。

「ようこそいらっしゃいませ。ざっかけない店ですが、どうぞごゆっくりなさって下さい」

「杏奈さんから聞いて、楽しみにしてました」

唐津は愛想《あいそ》良く答えて、店内を見回した。

「シンプルで清潔感があって、良い店ですね。美味しい物を食べさせてくれる店は、だいたい同じ雰囲気があります」

さらりとした口調で、お世辞を言われている感じがしない。洗練された雰囲気と人当たりの良さは、藤原海斗にも通じるところがある。天性なのだろう。

「それにママさんが元占い師だったと伺って、そっちも興味津々です。この店で知り合ったのが縁で誕生したカップルが何組もいるそうですね」

「それはちょっとオーバーですよ。たまたまです」

「でも、もし私がＡＩ婚活で結婚することになったら、ママさんのお陰よ。ママさんに勧められなかったら、婚活なんて始めてなかったし」

唐津は軽く頷いて飲み物のメニューを手に取った。

「杏奈さんは何にする？」

「私、泡なら何でも。ビール、サワー、スパークリングワイン」

「じゃあ、ビールにしようかな。小生で」

「私も同じでお願いします」

恵は生ビールを注ぎながら、目の端で唐津の様子をじっくり眺めた。ＡＩの選択は杏奈の好みを的確に反映していて、唐津は服装の趣味も良く、知性的な感じがする。服の上からでも引き締まった体格をしているのが窺《うかが》われるのは、何かスポーツをやっているのかも知れない。

「……テレビ局って、お忙しいんでしょうね」

「波はありますが、労働基準法を遵守《じゅんしゅ》するのは難しいです。それなのに〝働き方改革〟で残業が制限されたもんだから、結局、しわ寄せは下請《したう》けの制作プロダクションに行って……正直、これで良いのかと思いますよ」

唐津が報道番組の裏側について話すと、杏奈は興味深そうに耳を傾けていた。普通の人が知らないエピソードが満載で、傍《はた》で漏れ聞いている恵も聞き耳を立てたほどだ。

お通しと生ビールが残り少なくなると、唐津は言葉を切ってホワイトボードに目を転じた。

本日のお勧め料理は、カワハギ（刺身またはカルパッチョ）、鰯《いわし》の梅煮、空心菜炒め、ピーマンの焼売、明石焼《あかしや》き。

「カワハギのカルパッチョは美味そうだな」

「ピーマンの焼売も美味しいですよ。普通のピーマンの肉詰めと違う感じで。それと、明石焼きはとても優しい味で、シメにお勧め」

「それは是非もらいましょう。お酒は日本酒で大丈夫ですか？」

「はい。私も、二杯目からはだいたい日本酒なんです」

「趣味が合うなあ」

唐津は嬉しそうに答え、恵に尋ねた。

「カワハギはカルパッチョでも胆《きも》はついてます？」

「はい。カルパッチョは胆和えにしてます」

「そうこなくっちゃ」

唐津は飲み物のメニューに目を落とし、品書きを指で追った。

「王祿《おうろく》の〝丈径《たけみち》〟がある。これ、魚介や肉とはもちろん、内臓系も相性が良いんですよ。前に月島《つきしま》の居酒屋で煮穴子《にあなご》の胆と合わせたときは、美味すぎて気が遠くなった」

「ステキ。私も気が遠くなりたい」

杏奈の口から軽口が飛び出した。唐津は杏奈より十歳くらい年長なので、余裕を持って受け止めてくれると安心しているのだろう。

恵は丈径を二合デカンタに注ぎ、グラスを二個用意した。

次にカワハギのカルパッチョの調理に取りかかった。恵は魚を上手に三枚に下ろす自信がないので、胆つきの刺身を買えない日はメニューに載せられない。

「お待ちどおさまでした」

カルパッチョの皿を前に、杏奈は歓声を上げ、唐津は頰を緩《ゆる》めた。

「乾杯」

二人はグラスを合わせてからカワハギに箸を伸ばし、丈径を口に含むと、うっとり目を細めた。

「……合うなあ」

「やっぱり生魚には日本酒よねえ」

恵はピーマンの焼売にラップをかけ、電子レンジに入れてスイッチを押した。加熱が終わる頃、唐津の話題は時代劇に飛んでいた。知り合いに時代劇を制作しているプロデューサーがいるという。

「基本、時代劇には天井《てんじょう》からの照明ってないんですよ」

「そうなんですか？」

「昔は行灯《あんどん》とか蠟燭《ろうそく》で明かりを採《と》ってたでしょう。天井から吊《つ》るす明かりって、普通の家にはなかったんです」

「あ、なるほど」

「ただ、忠実にやると視聴者から『画面が暗い』ってクレームが来るそうです。難しいとこですよね」

「……思い出した」

杏奈がパッと目を見開いた。

「子供の頃、旅行に行った先で『あかりの博物館』って所に入ったんです。そしたら江戸時代の行灯とか蠟燭とか、実際の明るさが分かるようになってて、行灯が本当に暗いんでびっくりしました。私、あれで本を読めって言われても無理」

杏奈は肩をすくめて首を振る。

「それがテレビだと、行灯に火を灯《とも》すとパッと明るくなっちゃうから」

「今は街灯《がいとう》もコンビニもあるから、夜中でも手ぶらで歩けるけど、江戸時代なんて、提灯《ちょうちん》がないと真っ暗で何も見えなかったんだろうな」

「東日本大震災の直後は、街が暗いなって感じたけど」

杏奈の言葉で、恵も十年前のあの時期を思い出した。駅の電灯が半分以上消え、エスカレーターも一部が停止した。「計画停電」という名の無計画な政策の下、一定時間停電し、パソコンもエアコンも使えなくなってしまった。恵は幸い東京都心部に住んでいたので難を免《まぬか》れたが、埼玉に住む知人からはひどい目に遭《あ》った話を聞かされたものだ。

「あのときは帰宅難民になった？」

唐津が訊くと、杏奈は申し訳なさそうに首を振った。

「私は区立中学の三年だったの。家から歩いて通ってたから、特に被害は受けなかったけど、先生方は大変だったみたい。担任の先生は家まで四時間かかったって」

「僕は局に入りたての新米ディレクターで、取材で千葉にいたんですよ。クルーと一緒に何とか車で局へ帰ってきたけど、途中道路が渋滞して……」

杏奈と唐津の会話は途切れることなく続いていた。年齢差はあるが、世代間のギャップはないようだ。

お勧め料理を食べ終わると、二人はおでんを注文した。

「ここは牛スジと葱鮪《ねぎま》と手作りのつみれが絶品なんですよ」

杏奈が言うと、唐津は笑顔で頷いた。

「僕も牛スジと葱鮪が大好きなんだ。最近は牛スジを入れる店は増えたけど、葱鮪のある店ってあんまりないよね。今日は当たりだな」

唐津はおでんに合わせて喜久酔《きくよい》を注文した。

ちくわぶは最後まで指名がかからなかったので、恵は少しおかしくなった。やはりAIの選んだ相手は価値観が似ている。

八時を過ぎるとカウンターは満席になった。

織部さんと瑠央さんが来たらどうしよう？

恵は酒と料理の注文をこなしながら、頭の隅で考えた。

杏奈と唐津はシメの明石焼きを注文した。もうすぐ席を立ってしまう。

と、隅の席の二人連れが「お勘定」と声をかけた。

「はい、ありがとうございます」

空いた席を片付けていると、入り口の戸が開き、豊と瑠央が入ってきた。

「いらっしゃいませ。こちらのお席にどうぞ」

二人は隅の席に腰を下ろしながら、素早く杏奈と唐津のカップルに目を遣った。

杏奈は二人に向かって軽く頭を下げ、唐津に言った。

「大学の先輩なんです。この店も先輩の紹介で……」

瑠央は杏奈に会釈してから恵に向き直った。

「喜久酔二合ね。実は、軽く食べてきちゃったの。私、おでんだけでいいわ。大根とハンペン、それと牛スジ」

「僕はお通しもいただきます」

恵が二人の前に日本酒を出すと、瑠央が声を潜《ひそ》めて囁いた。

「あれが例の人？」

恵が黙って頷くと、瑠央は豊を振り返った。二人は「なるほど」という風に頷き合った。

「ご馳走《ちそう》さまでした。お勘定して下さい」

やがて、唐津が声をかけた。

「想像以上に美味しかった。また寄らせてもらいます」

カウンターを出て店の前まで見送ると、唐津が言った。満更《まんざら》お世辞とも思えない口調だった。

「ありがとうございます。またのご来店をお待ちしております」

店に戻ってカウンターに入ろうとすると、瑠央が割烹着《かっぽうぎ》をそっと引っ張った。

「で、あの二人、どうだった?」

「ご覧の通り。良い感じでしたよ」

恵がカウンターに戻ると、瑠央は豊を振り向いた。

「お似合いよね。美男美女で」

「やっぱり、AIは人間よりすごいんですかねえ」

瑠央はからかうように豊の脇腹を肘《ひじ》で突っついた。

「それより、織部くんこそどうなのよ、AIの女性」

「益子さんですね。来週、一緒に試写会に行くんです。会社のチケットを利用するなんてセコいと思われるかも知れないと思ったんですけど、彼女、一度試写会に行ってみたいと思ってたって、すごく喜んでくれました」

「あら、気遣いのある方ね。織部くんにはお似合いかも知れない」

瑠央にはおでんの盛り合わせを、豊にはお通しの全部載せを出した。二人が喜久酔のグラスを傾けながら料理をつまんでいると、早い時間から来ていたお客さんが次々席を立った。そして一時的に、お客さんは瑠央と豊の二人だけになった。

瑠央はデカンタに残っていた喜久酔をグラスに注ぐと、真面目《まじめ》な顔で言った。

「私もＡＩ婚活してみようかな」

恵はカウンターを片付けながら言った。

「お話を聞く限りでは、悪くないと思いますよ」

瑠央は空になったデカンタを目の高さに挙げた。

「喜久酔、お代わり。二合で」

恵はデカンタに喜久酔を注ぎ足した。

「ただ、やっぱり核になるのはご本人の気持ちだと思いますね。結婚したいという真剣な気持ちがあるかどうか、それが問題ですよ」

「私だって好《い》い人がいたら結婚したいと思うわ。それはみんな同じじゃないかしら」

「甘い」

恵は往年の〝レディ・ムーンライト〟に戻ったかのような、威厳のある声で言った。

「『好い人がいたら結婚したい』っていうのは、結局『恋愛したい』って言ってるのと同じですよ。そんな漠然《ばくぜん》とした気持ちでは、婚活を制することは出来ません」

瑠央は納得のいかない顔で口を尖らせた。

「だって、織部くんだって杏奈さんだって、切羽詰《せっぱつ》まってＡＩ婚活にすがったわけじゃないでしょ。二人とも恵さんに勧められて、いわば〝お試し〟でＡＩ婚活始めたんじゃない。それでも二人ともお似合いの相手を紹介してもらえたんだもの……」

瑠央が「私だって」と続けようとしたのを、恵は手で制した。

「ストップ。瑠央さんは大きな事実を見逃《みのが》しています。織部さんと杏奈さんは昔でいうところの結婚適齢期、つまりものすごく条件が良いんです。お相手は選り取り見取りです」

さすがに瑠央は気分を害したようで、顔をしかめた。豊があわてて割って入った。

「ママさん、僕は選り取り見取りなんて、そんなタマじゃないです。普通のサラリーマンで、見た目も良くないし」

「ご本人の気持ちはどうあれ、条件としてはとても良いんですよ。お年は二十……」

「八です。もうすぐ九になります」

「二十八歳で一流出版社勤務。それだけで婚活している女性には垂涎《すいぜん》の的ですよ。容姿だって決して悪くありません。背も低くないし、顔は優しそうで感じが良いし、立派なもんです。女性は夫になる男性に、モデルや俳優みたいなイケメンを望んでいるわけじゃありません」

生まれてから、面と向かってこれほど褒《ほ》められたことはないのだろう。豊は本気で照れて下を向いた。

一方、瑠央は目が覚めたような顔になった。

「言われてみればその通りね。織部くん、自信持ちなさいよ」

屈託のない口調で言って、豊の肩をポンと叩《たた》いた。その表情から機嫌の悪さは消えていた。

「言われなくても杏奈さんが最高条件なのは分かるわ。私は四捨五入して四十だから、それだけでマイナスよね。でも、私には絵本作家としての実績と収入があるわ。それは、マイナスを補って余りあるプラス条件にはならないのかしら」

恵は躊躇《ちゅうちょ》なく答えた。

「瑠央さんの絵本作家としての地位に価値を認める男性は、若さに価値を認める男性とは、少しタイプが違うように思います」

瑠央はわずかに眉《まゆ》を寄せて考えたが、すぐに納得したように眉を開いた。

「そうね。言われてみれば、その通りだわ」

恵は背筋を伸ばし、真《ま》っ直《す》ぐに瑠央を見た。

「瑠央さん、もしあなたが本気で結婚したいと望むなら、必ず条件の合う相手が見つかりますよ」

「そうかしら？」

恵は自信たっぷりに頷いた。

「これは私の経験もありますが、私よりもっと経験豊かな〝仲人《なこうど》おばさん〟が口を揃えて言っていることです。女性が真剣に結婚を望めば、必ず相手が見つかります。何故《なぜ》かといえば、そのときは『誰か好い人がいたら』なんて漠然とした希望ではなく、『ここは譲れない、ここは譲れる』と、ハッキリした条件が見えてくるからです。そのとき、ＡＩ婚活を利用して『ちょっと条件に合わないけど許容出来る範囲』の相手を紹介してもらうのも一案ですよ」

恵はちらりとまいのことを思った。あれから少し前向きになって、ＡＩ婚活も試してみると言っていた。

瑠央は小さく苦笑を漏らした。

「どうして自分のことって分からないのかしら。他人のことなら少し分かったりするのに」

瑠央には、ほんのわずかだが目に見えないものを見る力がある。人の気持ちの一部だったり、ほんの少し先の未来だったりで、超能力とか千里眼《せんりがん》と呼ぶには貧弱だが、勘《かん》が鋭いという領域を少し超えている。

しかしその能力がこれまで、瑠央の幸福に貢献したかどうかは疑わしい。人生には知らなくてもいいことが沢山ある。

恵はかつてかなり大きな力を授かり、人気占い師として活躍した。だが、その結果とんでもない不幸に見舞われてしまった。不思議な力を授かったことが幸せだったかどうか、今でも答えは出ない。

一つだけ分かっているのは、力を失って占い師を廃業し、おでん屋の女将《おかみ》として出直してからは、小さな幸せを感じていることだ。何かに動かされているのではなく、自分の頭で考え、自分の足で歩いている実感がある。だから恵は、今の仕事が天職だと思っている。

瑠央は恵と織部の顔を見比べた。

「私ね、織部くんには幸せの予感を感じるの。だからＡＩ婚活の話を聞いたとき、良いご縁に出会ったんだと思ったのよ」

「はあ、どうもありがとうございます」

「幸せになってね」

「はい。頑張ります」

豊は力まずに答え、恥ずかしそうに微笑んだ。

その日、恵は午前中に豊洲《とよす》市場に行き、店を回って買い出しを済ませ、市場の食堂で早めの昼ご飯を食べた。豊洲には築地《つきじ》から移転した店と新規に開店した店があって、毎回どの店に入るか悩んでしまう。

食後はそのまま、めぐみ食堂に向かった。買ってきた食材は自宅マンションではなく、店の厨房《ちゆうぼう》で保存しておく。そうすれば買い出しに行かない日は、開店の二～三時間前に店に入って仕込みを始めればいい。

店に入ると、まず入り口の戸と窓を全開にし、溜《た》まっていた熱気を外へ逃がしてからエアコンをかける。食材はリュックサックとカートに入れて運んできた。

パンツのポケットに入れたスマートフォンを出してカウンターに置くと、食材の仕分けを始める。冷蔵庫または貯蔵庫にしまうものと、すぐ調理を始めるために調理台に出しておくものに分けてしまう。作業を続けるうちに少しエアコンが効《き》いてきて、背中の汗が引いた。

と、カウンターに置いたスマートフォンが鳴った。手に取って画面を見ると大輝からだった。真行寺が、何かあった時のために、子供用の携帯電話を与えていたのだ。

「こんにちは、大輝くん。どうした？」

「メグちゃん、今度の日曜、新くんの家にお呼ばれされたよ！　凜ちゃんと澪ちゃんも一緒」

大輝は声を弾ませている。

「あら、そう。良かったじゃない」

次は八月最後の日曜日になる。まだ新学期が始まっていないので、新には新しい学友がいない。それで支倉夫妻は、愛正園で仲良しだった子供達を招待してくれたのだろう。

「今度みんなで会うとき、新くんがどんな様子だったか教えてね」

「うん！」

九月にはまた大輝と凜、澪の三人を、どこかへ遊びに連れて行く予定だった。お客さんから親子で楽しめる日帰りバスツアーがあると聞いたので、今度はそれにしようかと思っていた。

「じゃあね」

恵は通話を切り、水道で手を洗った。

三時半までに仕込みをあらかた終え、一度マンションに戻ってシャワーを浴び、着物に着替えてもう一度店に入る。店を始めて数年後、築地へ買い出しに行くようになってからの習慣だった。

時計の針は十二時三十分に近づいていた。

「調理、始め！」

恵は声に出して自分に気合いを入れた。

「こんばんは、いいですか？」

その夜、最後のお客さんを送り出したのは十一時十五分前だった。店は七時を回ってから混み始め、最終的に席は二回転したので大盛況だ。このまま店仕舞《みせじま》いしようと暖簾に手を伸ばしたとき、後ろから声がかかった。

振り返らなくても声の主《ぬし》は分かった。織部豊だ。

「どうぞ。残り物しかありませんけど、ゆっくりして下さい」

恵は豊を店に通すと立て看板の電源を抜き、〝営業中〟の札を裏返して〝準備中〟にした。

豊は誰もいないカウンターの真ん中に腰を下ろした。

「生ビール、いいですか？」

「はい、もちろん。大、中、小？」

「中で」

大皿料理は皿の端にほんの少ししか残っていない。

「残り物だから、サービスね」

恵は皿に全部盛り付けて豊の前に置いた。

「さて、私も呑んじゃおうっと。今日は豊洲に買い出しに行ってね、朝からドタバタだったの」

瓶に残ったカバをフルートグラスに注いでいると、豊が申し訳なさそうに小さく頭を下げた。

「すみません。お疲れなのに、閉店間際に押しかけて」

「あら、そんな意味じゃありませんよ。ナチュラルハイになってるんです」

恵はグラスを目の高さに掲げてから、ぐいっと傾けた。

「ああ、美味しい。生き返るわ」

しかし、豊はどうも元気がなかった。何か思い悩んでいるように見える。

「どうかなさいました？　ＡＩ婚活のお相手と喧嘩《けんか》でも？」

「いや、益子さんとは上手くいってます。お互い、映画や小説も好みが似てるし、スポーツも……。意外なことに彼女、Ｊリーグのサポーターなんですよ。僕はサッカーはメッシとロナウドしか知らないけど、彼女のＪリーグ話は興味深く聞きました。何というか、愛があって」

豊は言葉を切って生ビールを一息に三分の一ほど呑んだ。

「お話伺ってると、良い感じみたいですけど」

「はあ。僕も彼女には好意を抱いています。聡明で気遣いがあって、僕にはもったいない人だと思います」

その言葉で恵はピンときた。

お見合いを断るときの常套句《じょうとうく》は、女性の場合は「ご立派すぎて、私にはとても」であり、男性の場合は「僕にはもったいない人です」なのだ。豊がその慣例を知っていたかどうかはともかく、断る気なのは明らかだった。

「そうですか。残念ですね。織部さんとはお似合いのカップルだと思ったんですが」

この場合、「彼女のどこが気に入らないんですか?」などと問うのは、愚《ぐ》の骨頂《こっちょう》だ。要するに「その気がない」ので、それは理屈では如何《いかん》ともしがたい。

恵はじっと豊を見つめた。その背後には、仄《ほの》かにオレンジ色の光が灯っている。

「織部さん、正直に仰って下さい。もしかして、杏奈さんのことが好きなんですか?」

「まさか!」

豊は椅子《いす》から飛び上がりそうになり、大きく首を振った。しかし、再び腰を下ろすと、ガックリと肩を落とした。

「……僕は、自分でもよく分かりません。彼女とは全然価値観が合わないし、正直、好みのタイプじゃありません。彼女は何でもズケズケ言って、平気で人のことをけなすでしょ。そんなの若くて美人だから許されるんで、ブスだったら袋叩きですよ」

恵はつい声を立てて笑ってしまった。

「織部さんの言う通りよ。彼女、子供ね。でも、織部さんと何度もお店で顔を合わせてるうちに、少し成長してきたみたい。人の話を聞く力や、他人を思いやる力がついてきたと思うわ」

恵はグラスの中身を呑み干して、豊と正面から向き合った。

「織部さんは杏奈さんに、良い影響を与えてるわ。それはつまり、杏奈さんも織部さんの良さに気がついたからです」

目の前を何かが通り過ぎたかのように、豊は視線を泳がせ、目を瞬《しばたた》いた。

「ご自身の正直な気持ちを仰った方が良くはないですか？」

しかし、豊は力なく項垂《うなだ》れて頭を振った。

「無理ですよ。ママさんだって見たでしょう、この前のあの男性」

「唐津さんね」

「背が高くてハンサムですごくおしゃれで、おまけにテレビ局のプロデューサーですよ。僕なんか足下にも及びません」

「でも、向こうはバツイチですよ」

「それが欠点になるのはモテない男だけです。モテる男には離婚歴なんて、勲章《くんしょう》みたいなもんですよ」

恵は腕を組んで仁王立《におうだ》ちになり、豊を見下ろした。

「最初から諦《あきら》めてどうするんです」

「だって、全然勝ち目ないですよ。ママさんは僕のことを褒めてくれたけど、彼女が同じように評価してくれるとは思えない」

豊は切なげに顔を歪《ゆが》めて溜息《ためいき》を吐《つ》いた。

恵は、「そんな弱気でどうするの！」と叱咤《しった》しようとして言葉を呑み込んだ。これは他人が口を出すことではない。本人が決断すべきなのだ。本人に意思と勇気がなければ、運命は動かせない。

しかし、気弱に肩を落とした豊の姿を目の前にしても、恵は自分の見たものを信じた。豊の後ろには仄かなオレンジ色の光が灯っていた。しかし、杏奈と唐津の後ろには何も見えなかった。

織部さん、頑張って。勇気を出すのよ。

恵は心の中でエールを送った。

五皿目

逃げ出したカレーライス

九月最初の日曜日、午後一時ちょっと前に恵《めぐみ》は児童養護施設「愛正園《あいせいえん》」を訪れた。

今日は大輝《だいき》と凜《りん》、澪《みお》の三人を遊びに連れて行く日だ。折しも人気アニメ映画が公開中なので、今月はバスツアーではなく、それを見に行くことにした。

月に一度とはいえ、毎回遠出したり一日がかりのレジャーに出掛けるのは、恵も年なのでしんどい。だからあまり負担にならない、今回の映画鑑賞のようなスケジュールも適当に交ぜることにした。

もちろん子供達にとっては、劇場でアニメを観《み》て、その後レストランでご飯を食べるのは、大きな楽しみに違いなかった。

玄関で声をかけると、園長の三崎照代《みさきてるよ》が迎えに出てきた。

「玉坂《たまさか》さん、いつもすみませんね。今日もよろしくお願いします」

照代はいつものように愛想《あいそ》良く挨拶《あいさつ》して頭を下げた。

「こちらこそ、よろしくお願いします」

恵は会釈《えしゃく》を返しながら、ふと照代の表情が曇っているのに気がついた。

「今日は、子供達は元気ですか。誰か体調が悪いとか?」

「大丈夫。みんないたって健康ですよ」

そのとき、恵は照代が「でも……」と言いそうになって引っ込めたのが分かった。

もしかして今日のアニメ映画の選択がよくなかったのかと訝《いぶか》った。アニメにも小学生以下の子供向けの作品と、中高校生以上をターゲットにした作品がある。めぐみ食堂のお客さんには『新世紀エヴァンゲリオン』にハマっている人もいるし、子供を連れて『STAND BY ME ドラえもん2』を観に行って号泣《ごうきゅう》した人もいた。スタジオジブリの作品などは、子供より大人向けだろう。

恵はアニメにまるで疎《うと》いので、人気作品というだけで安易に選んでしまったのだが……。

「今日のアニメ、子供達に人気ないですか？」

「いいえ、そんなことありません。みんなテレビで観てたから、映画館で観るのを喜んでますよ」

照代は食堂へと踏み出した足を止め、恵を振り返った。

「そうですか。何だか園長先生がお元気がないので、ちょっと気になって」

照代は小さく目を瞬《しばたた》いた。

「あら、私ったら……。ごめんなさいね」

照代は優秀で経験豊富な福祉教育者だった。それが内心の懊悩《おうのう》が顔に出ているのだから、ただ事とは思えなかった。

「何かあったんですか？」

照代は食堂の方をチラリと振り返ると、玄関の隅《すみ》へと恵を誘《いざな》った。

「私の配慮が足りなかったせいなんです。大輝くんたち三人、カルチャーショックを受けたみたいで」

「カルチャーショック？」

「先週の日曜日、支倉《はせくら》さんのお宅にご招待されたでしょう。そこで新《あらた》くんの新しい家庭を見て、ショックを受けたみたいなんです。自分達とのギャップの大きさに」

照代は重い溜息《ためいき》を吐《つ》いた。

「行かせるべきじゃなかったと、今は後悔しています。私は少し甘く考えてました。いえ、タカをくってたんです。新くんは新くん、自分は自分。たとえどんな恵まれた環境になっても、優しいご両親が出来ても、ちゃんと自覚して受け容《い》れられるだろうって。でも、そんなの無理よね。あの子達、小学校に入ったばかりなのに」

恵は照代が痛ましくてならなかった。長年にわたって恵まれない子供達の幸福を願い、一生懸命働いてきたというのに、わずかな瑕瑾《かきん》を思い悩まなくてはならないとは、なんと割に合わないことだろう。

「先生、先生は悪くありませんよ。悪いとしたら恵まれない子供を作った神様です」

「玉坂さんにそう言ってもらえると、ホッとするわ」

照代は気弱げな微笑を浮かべた。

「でもね、お陰で私、一つ分かったわ。制度や法律は限界がある。人間はそれだけじゃ救われないって。だって、人には心があるんだもの。羨《うらや》んだり嫉妬《しっと》したり、軽蔑《けいべつ》したり忌《い》み嫌ったり……どんなに平等で福祉の行き届いた世の中になっても、そういう感情は消えることがない。人は生きてる限り、自分の心と向き合わないといけないのね」

その言葉は恵に向けられたものではなく、照代が自分自身に言い聞かせているようだった。

「こんなに恵まれた福祉制度の恩恵を受けているのだから、不満に思うはずがない。こんなに手厚く保護されているのだから、嫉妬や羨望《せんぼう》に苛《さいな》まれるはずがない。そんな風に思うのは、私達職員の側の思い上がりなのね。人に心がある限り、様々な感情が生まれてくる……たとえどれほど不合理で理不尽な感情であっても、それは誰にもどうすることも出来ない」

「私もそう思います。それともう一つ。理不尽な感情を抱くのは誰のせいでもない、本人の心次第です」

恵は力強く答え、食堂の方に目を向けた。

「あの子達は育ち盛りです。身体と一緒に心も成長します。今はちょっと落ち込んでいても、すぐに立ち直ります」

取りなしや慰《なぐさ》めを言うつもりはなかった。

「だって、あの子達は運が味方についてますから。まずは愛正園に保護されたことが、幸運の証明です」

微笑《ほほえ》みかけると、照代は救われたような顔で笑みを浮かべた。

「ところで、新くんは如何《いかが》でしょう？」

「元気にしています。支倉さんから何度かご連絡をいただきました。適応力が高くて、新しい環境にもどんどん慣れているそうですよ。それに、新しいご両親にもすぐに心を開いて……」

照代の口調はしごく穏当《おんとう》だった。ベテラン福祉職員の照代が安心しているのだから、新は新しい家庭に上手《うま》く適応しているのだろう。何も心配する必要はないのだ。

恵は食堂に進み、ドアを開けた。テーブルには出掛ける支度《したく》をした大輝、凜、澪の三人が座っていた。

「こんにちは。準備はいいかな？」

「うん！」

三人とも元気良く答えた。恵も負けずに声を励ました。

「よし。出発！」

今日のお出かけはかなりの時短コースだった。愛正園から北千住《きたせんじゅ》駅へ行き、東京メトロ日比谷《ひびや》線の仲御徒町《なかおかちまち》駅で下車。映画館は上野広小路《うえのひろこうじ》にあるので、歩いても五分とかからない。

新しい映画館はスクリーンが見やすくて、椅子《いす》の座り心地も良かった。映画自体も、恵は途中で寝てしまうかも知れないと思ったが、最後までそれなりに面白く鑑賞出来た。そして嬉《うれ》しいことに、子供達はすっかり映画の世界に引き込まれて、興奮し、感動していた。

エンディングテーマが鳴り終わると、館内の照明がついた。

「さあ、出ようか」

恵は余韻《よいん》に浸《ひた》っている子供達に声をかけた。

映画館から歩道に出ると、通りの向こうに松坂屋《まつざかや》上野店が見えた。子供の頃両親に連れられて何度も来たことのある、恵には想い出深い百貨店だ。当初は子供達を連れて行ってみようかと思ったが、ホームページのフロア案内を見て中止した。今のデパートは〝百貨店〟では経営が成り立たなくなり、取扱商品を絞《しぼ》っている。松坂屋上野店も子供服売り場はあるが、玩具売り場はなくなっていた。これでは子供が楽しめるスペースがない。

屋上遊園地は望まないが、玩具売り場くらいあってもいいのにと思う反面、今のデパートはもう、親子連れで行く場所ではなくなったのかも知れないとも思う。たまに用事があって松屋《まつや》・三越《みつこし》・高島屋《たかしまや》などの老舗《しにせ》デパートに立ち寄ると、顧客は中高年の姿ばかりが目立ち、階段脇やフロアの隅には休憩用の椅子が並んでいた。

「ねえ、メグちゃん、ご飯どこ行くの？」

凜の声でハッと感慨から引き戻された。

「焼き肉なんてどう？　近くに美味《おい》しいお店があるのよ」

「行きたい！」

子供達は揃《そろ》って声を弾《はず》ませた。焼き肉に限らず、和・洋・中いずれのジャンルでも、「お店」で食事するのを楽しみにしている。施設にいると、どうしても外食する機会は少ない。ファミレスでもたこ焼きでもラーメンでも、子供達はいつも大喜びしてくれた。

今回も真行寺《しんぎょうじ》が軍資金を出してくれたので、懐《ふところ》は温かい。遊びは映画鑑賞だけだったので、その分食事は豪華にした。

店はＪＲ御徒町駅から徒歩三分、上野広小路を挟《はさ》んで松坂屋と反対方向にあった。シンプルで飾り気がない店だが、掃除と換気が行き届き、清潔感が漂《ただよ》っていた。

予約してあったので、名前を告げるとすぐ四人掛けのテーブルに案内された。中央には焼き肉用のコンロがある。

「まずはお肉、色々食べよう。ラストは冷麺《れいめん》、ビビンバ、クッパ、何でも好きなもの頼んでね」

コースで頼むと子供達は途中でお腹がいっぱいになってしまうので、恵は前菜を省《はぶ》いて注文した。

店員がコンロに点火し、ほどなくして肉とサンチュの皿が運ばれてきた。高級黒毛和牛を売りにしているだけあって、肉はきれいなピンク色だった。

「まずはタン塩から焼きま〜す」

トングで肉を挟んで焼き網に載せると、火に炙《あぶ》られ脂《あぶら》が溶けて、次の瞬間には美《う》味《ま》そうな香りが漂い始める。

「火傷《やけど》しないように気をつけてね」

焼けると各自の皿に取り分け、次の肉を載せる。

「韓国ではこうやってサンチュに載せて、お好みでキムチなんかも添えて、巻いて食べるんですって」

一度やってみせると凜と澪はすぐに真似《まね》をして、大輝の分も巻いてやったりする。

「はい、大輝くん。お野菜もちゃんと食べないとダメよ」

おままごとの延長なのだろう。肉も自《みずか》らトングを取って焼くようになった。

「凜ちゃんも澪ちゃんも、上手いね。料理上手になるよ」

凜と澪がおませだという点を割り引いても、同い年の大輝は完全に弟扱いだ。一般的に男より女の方が精神年齢が高いと言われるが、小学生以下は特に顕著《けんちょ》で、体格まで女子が勝っていたりする。

「そうそう、新《まさ》くんのおうちはどうだった？」

「すごかったよ。ね？」

凜は屈託《くったく》のない声で答えた。

「うん、こんなケーキが出て、買ったんじゃなくてお母さんが作ったんだって」

澪も両手で輪を作ってみせた。その表情には陰りがない。

「大輝くんは？」

「教科書見せてもらった。英語の本ばっかり」

大輝は感心する反面、心配しているようだ。

「新くん、勉強、大丈夫なのかなあ」

子供の脳はスポンジのように吸収力が良いから、やがて英語も分かるようになるだろう。そうしたら学業にも追いついていける。まして新には支倉夫妻がついているのだから、適切なサポートをしてもらえるはずだ。

子供達はそれから堰《せき》を切ったように、支倉家で見聞きしたことを話し始めた。

「家の中にね、エレベーターがあるんだよ」

「テレビがすごく大きいの」

「玄関にすごいおっきい花瓶《かびん》があった」

「お母さん画家だって。家の中にお母さんの描いた絵がいっぱい飾ってあったよ」

「新くんの部屋、すごく広くて、絨毯《じゅうたん》フカフカなの」

「お肉焼けると、お父さんが切り分けるんだよ」

お母さんが焼いたローストビーフを、お父さんがテーブルで切り分けて皿に取ってくれたのだという。欧米では肉を切り分けるのは一家の主《あるじ》の役目だと、恵は何かの本で読んだ記憶がある。子供をインターナショナルスクールに通わせるくらいだから、支倉夫妻は海外生活の経験があるのかも知れない。

「料理がいっぱい出て、最後はカレーだった」

「良かったわね。みんなカレー、好きでしょ」

「うん。でも、園のカレーとは違ってた」

「そうね。カレーはその家によって味が違うものね」

「食べたことない味だったよ」

支倉家で見聞きしたことを恵に話すうちに、子供達の顔は明らかにすっきりしてきた。

「新くんに優しいお父さんとお母さんが出来て、良かったたね」

子供達は一斉《いっせい》に頷《うなず》いた。

その表情から不満や鬱屈《うっくつ》は読み取れない。幼いなりに、どうにかして揺れ動く気持ちと折り合いを付けたのだ。いや、幼いからこそ、若さのパワーで乗り越えられるのだ。

「みんな、お肉お代わりしようか」

メニューを開いて見せると、子供達は額《ひたい》を集めてわいわいと相談を始めた。

翌週の土曜日、めぐみ食堂はあまり成績がよろしくなかった。

土曜日なので勤め帰りの会社員は望めないが、それ以外の常連さんも顔を出してくれなかった。開店から一時間ほどしてから五月雨《さみだれ》のようにやってくるお客さんで、やっと席が一回転する頃には十時を過ぎていた。

最後のお客さんが席を立ち、店を閉めようとカウンターを出たところで、ガラス戸が細めに開いた。

「こんばんは。……いいかしら？」

田代杏奈《たしろあんな》が顔を覗《のぞ》かせ、いつになく遠慮がちに尋ねた。

「どうぞ、どうぞ。もう看板にして私も一杯やろうと思ってたとこなの」

恵は杏奈に席を勧め、手早く暖簾《のれん》と看板を閉店仕様に切り替えた。

「私、スパークリングワインいただくけど、杏奈さんは?」

「同じで」

カウンターに戻ってカバをグラスに注《つ》ぎ、杏奈に差し出した。二人は軽くグラスを合わせて乾杯した。

「ロードショーの最終観たら、遅くなっちゃって」

「お腹空《なかす》いてます? 今日は商売あがったりだったから、お料理は全部サービスね」

明るく言って、お通し五品を皿に盛り付けた。商売は山あり谷ありで、こういうどうしようもないときもある。ダメなときはジタバタせず、気持ちを切り替えるのが一番だった。

「何か悩み事でもあるんですか」

「分かる? すごい、さすがは元占い師」

「占い師じゃなくたって分かりますよ。顔に書いてあるんだもの」

恵はクスリと笑《え》みを漏《も》らした。

「おまけに土曜の遅くにご来店なんて、知ってるお客さんと顔を合わせたくないら

しい……これは誰にも聞かれたくない話があるんだろうって、おでん屋の女将《おかみ》なら
これくらいの察しはつきますよ」

　杏奈は力なく頷いた。

「そう、その通り」

「唐津《からつ》さんと上手くいってないんですか？」

「いえ、そうじゃないの。あれから何度かデートしたけど、楽しかったわ。色々な
ところに連れて行ってくれて、ステキなお店でご馳走《ちそう》してもらって……」

　杏奈はハッと気がついて両手を振った。

「そういう意味じゃないのよ、この店だってステキだから」

「分かってますよ。でも、唐津さんが杏奈さんをお連れになるなら、思いっきりお
しゃれな店だろうと思うわ。男として見栄《みえ》の張り甲斐《がい》のある、ね」

「うん。そんな感じ」

「じゃあ、年の差ギャップで話が合わないとか？」

「それもない。唐津さんは話題が豊富で面白いわ。それに聞き上手で、私にも楽し
くおしゃべりさせてくれるし」

「価値観が合わない？」

「別に。ハッキリ言って私、唐津さんの価値観がどんなだかよく分かんないし」

「バツイチが気になる？」

杏奈は大きく首を振った。

「それも別に。まあ、モテるタイプだからあの年でバツイチでもしょうがないかなって気がする」

杏奈はグラスを傾けてカバを呑《の》み干した。

「離婚って、必ずしもどちらかに落ち度があるわけじゃないと思う。離婚原因で一番多いのは〝価値観の相違〟だもんね」

恵は杏奈のグラスにカバを注ぎ、自分もお代わりした。

「お話を伺う限り、唐津さんのことは嫌いじゃないみたいだけど」

「うん。ステキだと思う」

ふと、ある予感が頭をよぎった。

「自分にはステキすぎるとか？」

杏奈はやるせなさそうに顔をしかめた。

「なんて言ったらいいのかなあ……。唐津さんって、亡くなった父とタイプが似てるの」

「あら、それじゃ理想の男性ですよね」

杏奈は亡くなった父のような男性がタイプだと言っていた。

「そう思ったんだけど……なんて言うのかなあ、唐津さんを見てると、父の面影《おもかげ》がチラチラするの。ああ、パパもこんな感じだったなって。そうするとね、え〜っと」

何とか自分の心境を表現する言葉を探そうと、杏奈は眉間《みけん》にシワを寄せた。

「要するにね、私にとって唐津さんはパパのコピーなのよ。コピーってどんなに良く出来ていても、原型よりは少し劣るじゃない。上手く言えないけど、そういうこと」

「う〜ん、なるほどねえ」

恵はおでん鍋《なべ》に目を遣《や》った。

「ちくわぶ、食べてみない？」

杏奈は訝しげに恵を見たが、構わず皿にちくわぶを取ってカウンターに置き、黙って頷いた。開店前から煮込まれていたちくわぶはおでんの汁を吸って、表面がいい感じの薄茶色に染まっていた。

杏奈は割箸《わりばし》でちくわぶを千切《ちぎ》り、口に入れた。

「……あんまり不味《まず》くない」

「なんて言い方でしょう。こういうときは『意外と美味しいわね』って言うもんですよ」

「ごめん。結構イケるわ」

と、哀《かな》しげに目を伏せて皿の上のちくわぶを見つめた。

「織部《おりべ》くんとあの人、お似合いだよね」

唐突な発言に驚いたが、杏奈も自分でびっくりしていた。どうしてこんなことを言ってしまったのか、自分でも分からないという様子で、困惑していた。

恵はあくまでさりげなく尋ねた。

「もしかして、織部さんが好きなの？」

「まさか！」

杏奈は弾《はじ》かれたように顔を上げた。

「冗談じゃないわ、あんなトロい人！」

口ではそう言いながら、杏奈の頬《ほお》はほんのり赤く染まった。

「でも杏奈さん、織部さんと一緒にいると、すごく楽しそうよ」

「向こうはきっと楽しくないわよ。私、ちくわぶも尾崎豊《おざきゆたか》も夏目漱石《なつめそうせき》も嫌いだもん」

「それでも織部さん、吸水スポンジみたいに何でも吸い込んでくれるじゃない。杏奈さんがポンポン言っても、怒ったり気を悪くしたりしないで、ゆるい球を返してくれるじゃない」

何か言おうと開きかけた口を、杏奈はそのまま閉じた。恵の言葉がジワジワと胸に沁《し》みて、中心に迫りつつあるらしい。自らの心を覗き込むように沈黙し、考え込んだ。

「……私はきっと、織部くんのタイプじゃないわよね」

「そんなこと、どうして分かるの？」

「だって、ＡＩが選んだのは私じゃないし」

「そんなことを言ったら、ＡＩが杏奈さんのお相手に選んだのも織部さんじゃなかった。でも、あなたの気持ちは織部さんに向いてるんでしょう？」

杏奈は唇《くちびる》を引き結んだ。否定したくても、すでに自分の心はハッキリ見えてしまった。

「……どうしたらいいのかしら」

「まずは自分の気持ちに素直になることでしょう。そして、もう一度正面から織部さんと向き合う」

「でも、織部くんはあの人が好きなんでしょ。それなのに私が横から出てって告白《コク》ったら、二人の仲を邪魔するみたいじゃない。そんなこと、出来ないわよ」

「ははあ、自分が告白ったら横取り出来るって、自信あるんだ」

「そんなこと言ってないわよ！」

杏奈は両手を握り合わせ、身をよじった。

「もし織部くんがＡＩ婚活の人と上手くいってるなら、余計な気を遣《つか》わせたくないだけ。だって本命と付き合ってるのに別の人に告白られたって、嬉しくないじゃない。うざったいだけで」

「杏奈さんって、性格いいのね。世の中には本命の他にスペアを二、三人確保しておかないと落ち着かないって人もいるけど」

「バカみたい」

杏奈はあっさり言い捨てた。

その態度に、恵は平成生まれの堅実さを感じて感心した。バブルの頃、右手で本命をつかまえ、左手で「アッシーくん」「メッシーくん」「ミツグくん」を操っていた女子大生は、今頃どうしているのだろう。それともあれは、マスコミの作り上げた虚像だったのだろうか。

「確かなことは一つだけ。織部さんとＡＩ婚活の女性が本当に上手くいくかどうか、そんなこと分かりません。もしかしたら杏奈さんの方がお似合いかも知れない」

恵は背筋を伸ばし、杏奈を見下ろした。

「ＡＩ婚活推進論者の藤原《ふじわら》さんだって仰《おつしや》ってたわ。ＡＩは失敗しない。でも人間は失敗する。だからＡＩは人間の代わりにはなれないって」

意味が分からないのか、杏奈は怪訝《けげん》そうに目を瞬いた。

「いつもＡＩが正しいわけじゃない。時には不完全な人間の方が正しいときもある。人間には心という厄介《やつかい》なものがあるから」

「心……」

「そう。だからまずは心の声にしたがってみましょう。そうすれば結果が凶と出ても吉と出ても、あなたは受け容れることが出来るわ。立ち直ることも、やり直すことも出来る。でも、心の声を無視すると、この先長く後悔することになりますよ」

恵の言葉に、杏奈は思い詰めた顔で頷いた。

「娘よ、愛は戦いである」

「は？」

「インドのネルー元首相が娘のインディラ・ガンジーに送った手紙に書いてあるの。少年マンガの『愛と誠』に出てくるわ」

「もう、茶化《ちゃか》さないでよ。真剣なんだから」

「あら、私だって真剣ですよ」

恵は両手を胸の前でX字形に交差させる、かつての〝レディ・ムーンライト〟時代の決めポーズを取った。

杏奈の背後に温かなオレンジ色の光がほの見えた。

「二人の愛に、光あれ！」


十月に入ると、やっと秋めいてきた。日中、肌を刺すような日差しの日もあったが、それでも朝晩は気温がほどよく下がって爽《さわ》やかな空気が広がる。

めぐみ食堂のメニューからトマトが消え、おでんの具材に里芋《さといも》が登場した。本日のお勧め料理のトップバッターは戻り鰹《がつお》だ。

「いらっしゃいませ」

六時に店を開けると、ほどなくお客さんが入ってきた。おでんはやはり秋から冬が本番だ。

七時には田代杏奈と織部豊が連れ立って来店し、十席のカウンターはめでたく満席となった。

「お飲み物は？」

恵は二人に温かいおしぼりを差し出しながら尋ねた。

「取り敢《あ》えず、小生」

「私も」

杏奈と豊の関係は、順調に進展している。人前でベタベタしたりするわけではないが、互いに対する愛情と信頼が日々育っていることは、二人の背後に灯《とも》る光が明るく強くなっているので、一目瞭然《いちもくりようぜん》だ。

今日の大皿料理はタラモサラダ、高野《こうや》豆腐の甘煮、キノコとブロッコリーのガーリック蒸し、卵焼き、蓮根《れんこん》のキンピラ。

本日のお勧め料理は戻り鰹（刺身またはカルパッチョ）、キノコのホイル焼き、鰯《いわし》の梅肉揚げ、舞茸《まいたけ》の肉巻き、煮豚。

煮豚は豚バラ肉を箸で千切れるまで柔らかく煮込み、八角《はっかく》で香りを付けた中華風だ。途中で脂を取り除いているので、しつこさや胃にもたれる重みがない。

「煮豚って初メニュー？」

タラモサラダを割箸ですくって杏奈が訊《き》いた。

「ええ。これから寒くなるから、出してみようと思って」

「煮豚って、角煮やトンポーローとどう違うの？」

「まあ、ざっくりいえば調理工程ね。煮豚は煮るだけでいいけど、角煮やトンポーローは一口大に切って、茹でたり蒸したりして手間がかかるのよ」

杏奈と豊は楽しそうに顔を見合わせた。

「じゃあ、煮豚下さい。あとはキノコのホイル焼きと鰯フライ。戻り鰹はどっちで食べる？」

「どっちも美味しそう。今が旬だし。ねえ、両方頼んじゃいましょうよ」

「そうだね。じゃ、カツオは両方で」

二人の仲が進展したからといって、互いの好みが変化したわけではなく、杏奈は今もちくわぶが好きではない。しかし、そんな小さな違いは二人にとって、人生のハーブかスパイスのようなものだ。価値観が違っても、心は寄り添える。

三十分ほど過ぎて、開店直後から来ていた二人連れのお客さんが席を立った。

と、二人が出て行くのと入れ替わるように、新しいお客さんが二人入ってきた。

矢野亮太《やのりようた》と真帆《まほ》夫婦だった。

「いらっしゃいませ。どうぞこちらに」

亮太は空《あ》いた席に腰を下ろそうとして、隣に座っている杏奈に会釈した。そして「あれ？」という顔になって目を凝《こ》らした。

「ＡＩ婚活の方ですよね？」

杏奈も豊もすぐに二人を思い出した。

「どうも、御無沙汰《ごぶさた》してます」

「その後、何か進展はありましたか？」

「それが、何とも」

豊は杏奈と恵を見て、照れたように微笑んだ。

「ＡＩのお告げより天のお告げが当たったみたい」

亮太がキョトンとして周囲を見回すと、真帆がそっと肘《ひじ》をつついて杏奈と豊の方を指した。

「ああ、なるほど」

現在進行中の二人の様子に、亮太もやっと事情を察した。

「お飲み物は？」

おしぼりを渡して尋ねると、二人は揃ってレモンハイを注文した。

「ねえ、この煮豚って、あの高級牛タンと同じ味？」

「別物。煮豚は八角で中華風の味付け。それに箸で千切れるくらいトロトロなの」

もちろん、亮太と真帆のカップルは煮豚を注文した。それ以外の本日のお勧めも全部。

「日本酒だけど、今日は秋鹿《あきしか》がお勧め。蔵元さんが田んぼでお米から造ってるお酒で、人気なのよ。煮豚にもピッタリだけど」

真帆が目を輝かせて亮太を振り向いた。

「それ、呑んだことないわ。いただきましょうよ」

「そうだね。ええと、秋鹿二合」

豊と杏奈は目を合わせてニンマリと笑った。二人も恵に勧められて秋鹿を呑んでいる。お勧め料理はきれいに平らげ、秋鹿のデカンタも空《から》にして、これからおでんを見繕《みつくろ》って喜久酔《きくよい》を注文しようというところだ。

「ママさん、おでん注文、お願いします」

「はい、ただいま」

恵がおでん鍋の前で菜箸《さいばし》を握ると、杏奈が里芋を指さした。

「豊さん、まだ里芋食べたことないでしょ」

「うん。言われてみれば」

「頼んだ方がいいわよ。秋限定の季節メニューだから」

「そっか。じゃあ、里芋とちくわぶ、ハンペン、がんもどき」

「私、大根とコンニャクと里芋」

湯気《ゆげ》の立つ皿が目の前に置かれると、杏奈は思い出したように言った。

「ママさん、明石焼《あかしや》きって、もう出さないの？」

「いいえ。リクエストがあればいつでも作りますよ」

たこ焼き器はフライパンの上に載っている。

「大丈夫なの？」

「材料がいつも手近にあるものだから。卵と粉とタコで」

串に刺したタコの足はおでんの定番具材だった。

「明石焼きとトー飯《めし》は気軽に注文して下さい」

杏奈は豊を見て、目顔で「どうする？」と問いかけた。

「う〜ん、そうだなあ。今日の心境はトー飯かな」

「じゃ、私もトー飯にしよっと」

隣の席では亮太と真帆が、戻り鰹のタタキとカルパッチョを仲良く分け合っていた。

幸せそうなカップルを眺《なが》めていると、恵も幸せのお裾分《すそわ》けをもらったような気がした。

杏奈と豊は出会ったばかりで、すべてはこれから始まる。幸せになれるかどうかも定かではない。それでも出会うべき二人が出会い、互いの気持ちを確認し合えたことで、前を向いて新しい一歩を踏み出したのだと恵は信じていた。

十月も終わりに近づくと、朝晩は涼しいを通り越して肌寒く感じられるが、エアコンの世話にならずに眠れるのは嬉しかった。

その日曜日、恵が目を覚ましたのは昼に近かった。休みの日は目覚まし時計のアラームを切って、心ゆくまで朝寝を楽しむことにしている。ベッドの中で大きく伸びをして、ゆっくり起き上がった。

朝食は買い置きのパンか、持ち帰っためぐみ食堂の残り物で済ませる。仕事で料理をしているので、家ではほとんど料理はしない。

その日もおでんの残りを電子レンジで温め、お茶を淹《い》れた。去年、「日本茶と紅茶には流行病《はやりやまい》のウイルスを九割以上不活化する作用がある」という情報を知って、急須《きゅうす》でお茶を淹れる習慣を復活させた。ここ数年、面倒臭《めんどうくさ》いのでペットボトルのお茶で済ませていたのだ。

電子レンジから出した皿をテーブルに運び、席について箸を取ったとき、スマートフォンが鳴った。休みの日に電話が来ることなど滅多《めった》にないので、不審に思いながら画面を見ると、大輝だった。

「大輝くん、どうしたの？」

「メグちゃん……」

耳元に困惑しきった大輝の声が聞こえた。

「ねえ、これからお店に行ってもいい？」

大輝は真行寺の秘書に連れられて何度かめぐみ食堂を訪れているので、場所を知っている。

「いいけど、どうしたの？」

「あのね、困ってるんだ」

上手く説明出来ないのか、後の言葉を言い淀《よど》んだ。

「今、どこにいるの？」

「四ツ谷《よつや》の駅」

「すぐ迎えに行くから、そこを動かないで」

「うん」

恵はスマートフォンを切ると、めぐみ食堂に出勤するとき持っていく手提《てさ》げに突っ込んだ。鍵《かぎ》と財布も入れっぱなしにしてある。薄手のコートを羽織《はお》り、ベレー帽で寝癖《ねぐせ》のついた髪を隠すと、部屋を飛び出した。

四ツ谷駅は地形に高低があってJR線と東京メトロ丸ノ内《まるのうち》線・南北《なんぼく》線の三線が乗り入れているので、四ツ谷口・麴町《こうじまち》口・赤坂《あかさか》口はすんなりと繫《つな》がっていない。

大輝たちはJR線を利用して来たので、一階にあるJR四ツ谷駅麴町口改札で待っていた。しかも、連れがいた。

「新くん!」

おまけに凜と澪も一緒だった。麻布の支倉家に引き取られた新が何故《なぜ》ここにいるのか、恵はまるで見当がつかない。それに愛正園の子供達まで、どういうことだろう?

「みんな、どうしたの? ここへ来ることは園長先生や新しいご両親に言ってある?」

子供達は四人とも面目《めんぼく》なさそうな顔で俯《うつむ》いた。

「まあ、とにかくちょっと座りましょう。みんな、お昼食べた？」

案《あん》の定《じょう》、四人は首を振った。

「じゃあ、とにかくランチね。話はそれから」

恵は四人を連れて駅ビルのカフェに入った。

テーブルをつけて五人分の席を確保すると、カウンターに向かった。店員にジュース五つとパンを何品か注文し、待っている間にスマートフォンで愛正園の三崎照代に連絡を取った。

新と大輝たちが訪ねてきたことを告げると、照代も困惑を露《あらわ》にした。

「今しがた、支倉さんからも問い合わせの電話があったんですよ。いったいどういうことか、わけが分かりません」

「園長先生、取り敢えず子供達に話を聞いてみます。その後でまたご連絡しますから、支倉さんにお電話するのはそれまで待っていただけませんか？」

照代はしばし考え込んだが、やがてきっぱりと答えた。

「分かりました。子供達も恵さんにならお話しやすいかも知れません。ご迷惑でしょうが、よろしくお願いします」

「迷惑なんか、全然してません。出来る限りやってみますので」

「ありがとうございます。ご連絡、お待ちしてます」

通話を終え、スマートフォンを手提げにしまうと、注文した品がすべて整った。

「お待ちどおさま」

テーブルに買ってきたパン類を置いた。甘味パンと調理パンを取り合わせて少し多めに買ってきたのだが、凜と澪の女の子コンビは早速、新と大輝にお姉さんぶりを発揮した。

「新くん、ホットサンド食べる？　ラップサンドもあるよ」

「大輝くん、フォカッチャ美味しそうよ」

ジュースにストローを差してやったりナプキンを渡したりと、甲斐甲斐しく世話を焼く。それは日曜日の「お出かけ」で何度も目にした光景で、子供達はリラックスして楽しそうだった。

この子達に警戒心を抱かせずに詳しい話を聞き出すには、どうしたらいいのだろう？

恵は子供達の様子を眺めながら、じっくりと考えを巡らした。そしてやっと思い付いた。

手提げからスマートフォンを取り出し、連絡先をタップした。

「何だ？」

いつものようにぶっきらぼうな声が応じる。通話の相手は真行寺巧《たくみ》だった。

「お休みの日にごめんなさい。三崎先生から何か連絡ありました？」

「いや、ない。大輝に何かあったか？」

「今、一緒にいるの。大輝くんだけじゃなくて、養子に行った新くんと仲良しの女の子二人と、四人で大脱走してきたみたい」

「何だ、そりゃ？」

「分からないわ。で、そういうわけで、これからお店に来てもらえない？　子供達に事情を聞いてみるから」

「どういうわけで俺が行く？」

「だって、愛正園の卒園生でしょ。子供達の気持ちを一番分かるのは真行寺さんだと思って」

うんざりしたような溜息が聞こえた。しかし、それが終わると不承《ふしょう》不承《ぶしょう》返事があった。

「分かった。今から行く」

子供達を連れてめぐみ食堂に着いたのは、二時少し過ぎだった。

シャッターを開けて中に入ると、照明をつけた。狭い路地にビルが建て込んでいるので、昼間でも電気をつけないと薄暗い。

五分ほどして真行寺がやってきた。自宅がどこにあるか知らないが、四谷《よつや》から車で十四、五分の距離に住んでいるらしい。

「タクさん、久しぶり！」

大輝が弾んだ声を出してハイタッチの姿勢になった。真行寺は苦虫《にがむし》を嚙《か》みつぶしたような顔でハイタッチに応じ、カウンターの端に座って新に顔を向けた。

「で、どういうわけだ？　新しい家でいじめられたか？」

前置き抜きでズバリと訊いた。その目は外からはサングラスで見えないが、じっと見つめているはずだ。

不意に、新が顔を歪《ゆが》めた。両の瞼《まぶた》から涙が溢《あふ》れ出し、頬を伝い始めた。

「新くん！」

恵は咄嗟《とっさ》に新を抱きしめた。新は恵の腕の中でしゃくり上げ、泣き続けた。

それを見ていた凜と澪も、つられて泣き出した。

狭い店の中は子供達の泣き声が充満したが、それも五分ほどで静かになった。

恵は新を抱きしめていた腕を放し、ティッシュの箱から紙を引っ張り出して鼻をかんでやった。

真行寺は子供達が泣き止《や》むまで微動だにせずにカウンターに座っていた。もしかしたら大の苦手の子供が三人揃って泣き出したので、金縛《かなしば》りに遭《あ》って動けなかったのかも知れない。

再び新に顔を向け、声をかけた。

「さて、もう一度最初から訊く。新しい家でいじめられたか?」

「そうじゃないけど……」

新は首を振り、その先を言い淀んだ。

「要するに、坊主《ぼうず》が思ってたような家じゃなかったんだな」

新はその言葉を反芻《はんすう》するように、わずかに首を傾《かし》げた。

「新しいお父さんとお母さんはとても優しいよ。いろんな物を買ってくれたし、美味しいご飯を作ってくれた。だけど」

たどたどしい口調で行きつ戻りつしながら、新は自分の経験と気持ちを語り始めた。

支倉家に引き取られた当初、新はこの上なく幸せだった。幸せすぎて空恐ろしかった。夢にまで見た優しいお母さんとお父さんが出来たのだ。お母さんは美しくて良い匂《にお》いがして、お父さんは穏《おだ》やかで格好《かっこう》良かった。そして二人とも新を実の息子のように可愛《かわい》がってくれた。

初めて支倉家に連れられてきたとき、新は思わず息を呑んだ。それはテレビでしか観たことのないお屋敷だった。庭には花壇と芝生《しばふ》があり、家は広々として高級感に溢れ、窓の外には白いバルコニー、個人の家なのにエレベーターまであった。キッチンも浴室も大きくてピカピカ光って見える。

「今日から私達をパパ、ママって呼んでね」

新しいお母さんにそう言われたときはさすがにこそばゆかったが、慣れると自然に「パパ、ママ」と呼べるようになった。

「さあ、ここがあなたのお部屋よ」

伊万里《いまり》に案内された二階の子供部屋は、明るくてきれいだった。立派な造りのベッドと勉強机があり、本棚には本がぎっしり詰まっていた。そして歩いて中に入れる戸棚があった。新はウォークインクローゼットを見たことがなかったから、本当に驚いた。

「取り敢えず下着と秋物だけ揃えたのよ。これから追い追い、新しく買い足しましょうね」

　伊万里は抽斗《ひきだし》を開けながら説明してくれた。

「学校が始まったら少しの間不自由すると思うけど、すぐに慣れるから大丈夫よ。勉強で分からないところがあったら、パパとママが手伝ってあげるから」

　伊万里は、インターナショナルスクールの教科書を開いて見せてくれた。新にはちんぷんかんぷんだったが、この家の子供になれるなら大した問題ではなかった。

「ランドセルは？」

　新は愛正園にランドセルを置いてきた。すると伊万里は笑顔で答えた。

「新しい学校では、ランドセルは使わないの。これが通学用の鞄《かばん》よ」

　伊万里は勉強机の脇から鞄を取り出した。リュックのように背負えるベルトのついた、帆布《はんぷ》製のおしゃれな鞄だった。

「学校はスクールバスがあるの。だから行き帰りはバス通学よ」

「すげえ！」

　新は歓声を上げた。スクールバスなんか乗ったこともない。それに、バスで学校に通えるなんてカッコいい。

ずっとこの家の子でいたいと、新は心から願った。新しいお父さんとお母さんに気に入られるように、一生懸命頑張ろう。本当の子供にしてもらえるように。

想像していたことだが、支倉家の生活は愛正園と全然違うのは当然として、テレビに出てくる普通の家庭とも少し違っていた。

テレビドラマのお母さんは掃除機をかけたり洗濯をしたりするが、支倉家ではそれは週に三回、二人組でやってくるホームヘルパーさんの仕事だった。

その代わり、伊万里は料理が得意で、朝昼晩の食事だけでなく、おやつやデザートも手作りした。「市販のお菓子は添加物《てんかぶつ》が入っているから食べちゃダメよ」と言われ、新は素直に頷いた。

「新が来てから、ママは張り切って料理するようになったんだよ。新が来る前、ママは元気をなくしていてね、料理も作れなくなってたんだよ」

お父さんからそう聞かされたときは、嬉しくて涙が出そうだった。新しいお母さんがそこまで自分を愛してくれるとは。

「パパだって新が来てから、早く帰ってくるようになったわ。前は夜遅くまで事務所で仕事してて、そのまま泊まっちゃうこともあったのよ」

同じ日に、伊万里もそんなことを言った。

二人ともとろけそうな目で新を見て、幸せそうに頬を寄せた。新も幸せでとろけそうな気がした。

文倉家の暮らしにほんの少し違和感を感じるようになったのは、新学期が始まる頃だった。

「明日から新しい学校だから、ちょっと髪の毛を整えましょうね」

伊万里はそう言って、原宿のヘアサロンへ新を連れて行った。支倉家へ引き取られる前に床屋に行ったばかりなので、髪の毛はそんなに伸びていない。しかし、お母さんとお出かけするのは楽しいので、気にしなかった。

原宿にあるヘアサロンには、テレビで人気の芸能人の姿もあった。新は一瞬で舞い上がり、周囲をキョロキョロ見回した。

「支倉様、いらっしゃいませ」

すぐに担当の美容師が出迎えた。

「お電話した通りで、お願いね」

「かしこまりました」

美容師は表情に出さないように気をつけていたが、内心は新を見て驚いているのが分かった。

カットが終わると、伊万里が席にやってきた。

「少し短めになってしまいましたが、如何でしょうか？」

「結構よ。とてもよく似合うわ」

伊万里は満足したようで、うっとりと目を細めた。

帰宅すると、伊万里はハンガーに掛けた洋服を提げて、リビングにやってきた。

「明日はこれを着て行きましょうね」

Tシャツとデニムパンツの組み合わせだったが、子供心におしゃれなのが分かった。

「ちょっと、着てごらんなさい」

「はい」

新は言われるまま、伊万里の持ってきた服に着替えた。

「ああ、よく似合うわ」

伊万里は新を見て目を潤《うる》ませた。そして、新の前で床に膝《ひざ》をつき、ギュッと抱きしめた。伊万里は小刻みに肩を震わせ、嗚咽《おえつ》を漏らした。新はわけも分からず、ただ切なくて泣きたくなった。

学校が始まると、違和感は徐々に形を露にした。

インターナショナルスクールには日本人教師もいるが、基本的に授業は英語で行われる。新は英語はまったく分からないので、補習を受けた。家に帰ると伊万里と伸行が分担して勉強を教えてくれた。

「毎日勉強で、辛《つら》かったのね」

恵が口を挟むと、新は首を振った。

「別に、イヤじゃないよ。パパとママは教え方が上手くて、分からないことがちゃんと分かるようになるんだもん。それに学校も楽しいよ。まだ英語はあんまり分からないけど、体育と音楽と図画工作は得意だし、ランチも美味しいしさ」

新しいお父さんとお母さんが熱心に自分に勉強を教えてくれることは、素直に嬉しかった。愛されていると実感出来るからだ。

学校では休み時間など、日本人の生徒とは、日本語で会話が出来た。外国人の生徒とは言葉が通じなかったが、それでも男の子とはサッカーやバスケットボールを通じて仲良くなった。女の子は凜や澪と同じく、お姉さんぶって新の面倒を見ようとした。

「あら、お代わりしないの？」

皿に目を落とし、新は申し訳ない気持ちでいっぱいになった。今夜のメニューは伊万里の得意なエスニックカレーとタイ風のサラダ。新は普通のカレーは大好きだが、ココナッツミルクを入れたカレーはあまり好きではない。そしてドレッシングに混ぜたナンプラーが鼻について、どうにも食が進まないのだ。

「……は好きだったんだけど」

伊万里は残念そうに独り言を呟《つぶや》いて溜息を漏らした。

「でも、新はママのバナナケーキが好きだもんな？」

「うん！」

新は伸行の出してくれた助け船に飛び乗った。本当はバナナケーキよりプリンの方が好きだったが、伊万里をガッカリさせるかも知れないと思うと、迂闊《うかつ》に口に出せなかった。

次は、図画の時間に描いた絵を家に持って帰ったときだった。新は工作は得意だが絵は苦手で、具象画なのに抽象画に見えるほどだ。

「これ、クラスで一番ヘタだった！」

愛正園では新の絵は笑いのネタだったので、その日も半ば得意気に伊万里に画用紙を広げて見せた。

すると伊万里は戸惑ったように絵と新を見比べ、小さく首を振った。明らかに落胆しているのが分かった。

「……は絵が上手かったのに」

声にならない呟きが、新には届いていた。

それからはほとんど毎日のように、新は同じことを感じるようになった。言葉や態度に出さなくても、ちょっとした視線の動きや表情で、伊万里が「……は……だったのに」と思っているらしいのが、新には分かるのだった。

決定的な出来事は昨日だった。

新は学校で喧嘩《けんか》した。一学年上の男の子が、新の同級生の作った工作品を取り上げようとして、壊してしまった。日頃から乱暴な言動の目立つ子で、周囲は恐れて文句を言わなかった。しかし新は「おい、謝れよ！」と注意した。すると相手は英語で何か言った。意味は分からなくても侮辱《ぶじょく》されたのは分かる。二人はつかみ合いになり、大喧嘩に発展した。

騒ぎに気付いた教師が止めに入ったときには、一学年上の男の子は鼻血を出してベソをかいていた。

すぐに家庭に連絡が入り、双方の親が学校に呼び出された。

「新、暴力なんて、ダメじゃない！」

部屋に入ってくるなり、伊万里は声を震わせた。

「どうしてそんなことをしたの！」

「だって、悪いのはあっちだよ」

「だからって手を出したらお終《しま》いよ」

新には伊万里の叱責《しっせき》が納得出来なかった。自分は悪くないと思う。無法な相手に注意して、いじめを正したのだ。もし黙って見て見ぬふりをしたら、いじめを認めたことになる。

「謝りなさい！」

新は仕方なく頭を下げた。

「ごめんなさい」

誰に向かって何を謝っているのか分からなかったが、これ以上伊万里を嘆かせたくなかった。

その日、伸行が帰宅すると、伊万里は学校であったことを報告した。さすがに伸行は頭ごなしに叱《しか》るようなことはしなかった。

「それは相手の方が悪い」

新は内心「やった！」と快哉《かいさい》を叫んだ。

「でも、暴力はよくないわ。手を出したら同罪よ」

「新は一年下なんだよ。それに同級生の子がいじめに遭ったのに憤《いきどお》りを感じて行動したんで、喧嘩とは違うよ」

伊万里は救いを求めるように宙を見上げた。

「でも、篝《かがり》は喧嘩なんかしなかったわ」

伸行は素早く伊万里の腕に手を置いた。伊万里はそれ以上は何も言わず、自分の部屋に閉じこもってしまった。

今日、朝食の後で伊万里と伸行は「昼には戻ってくるから」と言って、車で外出した。

新はしばらくリビングでゲームをしていたが、不意に両親の部屋を覗いてみたくなった。ドアの外から見たことはあったが、まだ入ったことはなかったのだ。

二階に上がり、そっとドアを開けた。ベッドの上に何か散らばっているのが見えた。近寄ってみると画用紙に描いた絵で、クレヨンと水彩、鉛筆画がある。どれも上手だった。

そして、画用紙の下から写真が出てきた。新自身かと目を疑うくらい、そっくりな男の子が写っていた。新学期の最初の日に新が着たのと、同じ服を着ていた。

そのとき、昨夜の伊万里の声が耳に甦《よみがえ》った。

「篝は喧嘩なんかしなかったのに」

新はハッキリと理解した。伊万里が求めていたのはこの男の子で、自分ではない。自分を見る度《たび》にこの子と比べて、「……は……だったのに」とガッカリしていたんだ。

誰を頼っていいのか分からず、結局新は大輝に電話をかけた。すると大輝は「メグちゃんに相談しよう」と言った。何故だか名案のように思えた。そして愛正園の仲良し三人組と新は四ツ谷駅で待ち合わせ、恵に連絡を取ったのだった。

すべてを話し終えると、新はすっきりした顔になった。

「どう思う？」

真行寺が尋ねた。

「難しいわね。でも、話し合うしかないんじゃない？」

真行寺は無言で新の方を見ている。話し合いの結果、新が再び愛正園に戻った場合のことを案じているのかも知れない。

「でも、このままってわけにはいかないわ。新くんを本人のままで受け容れてもらえないんだったら、幸せにはなれないもの」

「そうだな」

真行寺は椅子から立ち上がり、新に近づいて横に立った。

「坊主、新しいお父さんとお母さんは嫌いか？」

新はハッキリと首を振った。

「二人がお前を迎えに来たら、もう一度あの家に戻って一緒に暮らしたいか？」

新は大きく頷いた。

「僕、パパとママが好きだよ。大好きだよ」

「分かった」

真行寺は子供相手とは思えないほど、真摯《しんし》な口調で言った。

「それなら一つだけ覚悟しろ。お父さんとお母さんはこれからも、お前が望んでいるのとは違う行動をすることがある。だが、それはお前に愛情がないからじゃない。まだお前という人間を心底理解出来ていないからだ。これから時間をかけて、お前がどんな人間か分かるようになれば、お父さんとお母さんは、きっとお前が望まないことはしなくなる。お前が望むことを受け容れてくれる。それまでお前は頑張るんだ。出来るか？」

「出来る。僕、パパとママと一緒に暮らしたい」

「よし」

真行寺は後ろにいた大輝たちを手招きすると、恵を振り返った。

「大輝たちは俺が園まで送っていく。その子と里親は任せる」

真行寺は子供達を引き連れて出て行った。どこかに車を待たせているのだろう。

二人きりになると、恵は新に尋ねた。

「本当に、これからもパパとママと暮らしたい？」

新は、答えに窮《きゅう》したかのように口元を歪めた。

恵にはその気持ちが痛いほど分かった。せっかく手に入れた幸せを、誰が手放したいと思うだろう。新だって新しい両親の元で暮らしたいに違いない。だが、もし両親が新を求めていないとしたら、そこには居場所がないのだった。

恵はスマートフォンを取り出し、以前支倉にもらった名刺を見ながら電話をかけた。


支倉夫妻は二十分ほどでやってきた。伸行は伊万里の肩を支えるようにして店に入ってきた。

伊万里は目を赤く泣き腫《は》らしていたが、新を見るとまたしても瞼から涙が溢れ、頬を伝い落ちた。

「新、ごめんなさい。ママが悪かったわ」

そう言って新を抱きしめた。

「ママ……！」

新も鼻を啜《すす》り、しゃくり上げた。二人の周りを温かな光が取り囲んでいる。

「玉坂さん、この度はとんだご迷惑を……」

伸行は深々と頭を下げた。

「いいえ。でも、奥様は以前お目に掛かったときより、少しお元気になられたみたいですね」

「ええ。みんな新のお陰だと思います」

伸行は意を決したような顔つきになった。

「妻は、息子を喪《うしな》った悲しみで、生きる気力を失《な》くしていました。でも、新と暮らすようになってから、少しずつ元気を取り戻してきたんです」

「奥様は、亡くなった息子さんと新くんを混同しているんでしょうか？」

「二人は別人だと、頭ではハッキリ分かっています。ただ、時々気持ちが乱れるんです」

仲行は苦しげに伊万里を振り返った。

「私も妻も、新を幸せにしたいと思っています。亡くなった篝の身代わりではなく、まったく別の個性と人格を備えた新しい息子を授かったんです。篝の型に嵌《は》める気はありません。新に相応《ふさわ》しい幸せを考えてやりたいと思っています」

恵はホッとして気が楽になった。

「支倉さんがそういうお考えなら、安心です」

「もう少し時間がかかると思いますが、でも新にそばにいて欲しいんです。私はもう一度妻と息子と三人で、幸せな家庭を作りたい。つまらないことで笑い合える、下らないことをおしゃべり出来る、伸び伸びした家庭を」

仲行は伊万里と新に近寄り、二人を両手で抱きしめた。三人を包み込むように、温かい光が灯っている。

恵は両手を胸の前でX字形に交差させ、声に出さずに念じた。

「三人の新しい幸せに、光あれ！」

十一月に入ると、いよいよ冬の足音が聞こえてくる。

「冬が来るのは、おでん屋としては歓迎ですけど」

恵は、国権《こっけん》の燗酒《かんざけ》を藤原海斗《かいと》の前に置いた。

時刻はそろそろ十一時になろうという頃合いで、すでに暖簾を仕舞って、入り口の札も〝準備中〟に返してある。

カウンターには藤原海斗と、杏奈と豊のカップルが座っていた。今しがた、来月入籍すると報告があった。

「どっちがプロポーズしたんですか？」

「私に決まってるでしょ」

杏奈は親指で自分の胸を指した。

「彼、グイグイ行くの苦手だもん」

「お相手が杏奈さんで良かったですねえ。控えめな女性だったら、織部さん、結婚出来ませんでしたよ」

「価値観が合わないのも、どっかメリットがあるもんですね」

豊は嬉しそうに、ちくわぶを口に運んだ。

「ママさん、私、牛スジお代わり。それとこっちもお燗二合ね」

恵は菜箸で牛スジをつまみ、チラリと海斗を見た。ＡＩ婚活を始めた二人が、ＡＩのお勧めとはまるで違う相手と結婚することを、内心どう思っているのだろう。

「ＡＩの紹介を蹴《け》っちゃったこと、ムッとしてます？」

杏奈がズケズケと訊くと、海斗は苦笑を浮かべた。

「いや、全然」

「言っときますけど、私も彼も、先輩の会社のＡＩが紹介してくれた相手は嫌いじゃありませんでしたよ。ただ、たまたま気がついたらお互い好きだっただけです」

「それはまさに恋愛ですね」

海斗は真面目《まじめ》くさって言った。

「ＡＩ婚活はたとえるなら就職活動みたいなもんです。互いの適性を冷静に判断して伴侶《はんりょ》に選ぶ。一方、恋愛は偶然の産物、僕に言わせれば奇蹟《きせき》みたいなもんです。奇蹟に勝るものはありません」

恵はふと、以前海斗が言った、ＡＩ婚活で結ばれたカップルの離婚率の話を思い出した。

「恋愛で結婚したカップルとＡＩ婚活で結婚したカップルの離婚率って、どのくらい違うんでしょう？」

「おめでたい席で、いきなり離婚の話ですか？」

海斗はわざとらしく眉《まゆ》をひそめたが、杏奈は屈託のない声で言った。

「全然気にしません。ダメになるときはＡＩ婚活だろうが恋愛だろうが、ダメですもん。ね、豊さん」

「はあ。まあ、ダメにならないように二人で努力するしかないですね」

「そうそう。夫婦の絆《きずな》は愛と信頼よ」

海斗は笑いを噛み殺している。決して間違えないＡＩでなく、間違える人間の選択がおかしいのかも知れない。

でも間違えるからこそ、人間はやり直せるのだ。そして、少しずつでも成長していけるのだ。

「みなさん、そろそろシメのトー飯、召し上がりますか」

「下さい！」

一斉に声が上がった。


〈了〉

『婚活食堂5』レシピ集

『婚活食堂5』を読んで下さってありがとうございます。楽しんでいただけたら幸いです。

例によって作品に登場する料理のレシピを載せました。しかし料理には、それこそ各家庭によって独自のレシピがあったりします。

料理に正解はありません。何を食べたいか、どのレシピで作りたいか、それはすべてあなた次第です。

どうぞお好みの味を見つけて、お召し上がり下さい。

○鰯《いわし》の梅肉《ばいにく》揚げ

〈材　料〉２人分

真鰯４尾　梅干し２～４個　大葉《おおば》８枚

片栗粉・揚げ油適宜《てきぎ》

〈作り方〉

①鰯の頭を取り、腹を割いて内臓を取り、中骨を取って２枚に切る（お店でもやってくれるし、フライ用に開いたものも売っている）。

②梅干しは叩《たた》く。梅ペーストを使ってもOK。

③２枚にした鰯に大葉を載せ、①を塗り、頭の方から巻いて楊枝《ようじ》で留める。

④③に片栗粉を付け、１８０度の油で１～２分揚げる。

☆そのままでも味は付いていますが、ポン酢をつけても美味《おい》しい。

ここでは片栗粉を使いましたが、天ぷらやフライにするレシピもあるので、お好みで。

○ナスの揚げ浸《びた》しカレー風味

〈材　料〉２人分

ナス（中）２～４本

A（カレー粉小匙《こさじ》１　醤油《しょうゆ》大匙２　砂糖大匙１　寿司酢《すしず》大匙１　みりん大匙１）　揚げ油適宜

〈作り方〉

①ナスはヘタを取って乱切りにし、１７０度の油で１分ほど素揚《すあ》げし、油を切る。

②Aを混ぜ合わせ、熱いうちに①を浸《つ》け

る。お好みで生姜《しょうが》・ニンニクの擂《す》り下ろしを加えてもOK。

☆Aのつけ汁は、めんつゆを薄めてカレー粉とみりんを加えてもOK。

○イタリア風ゼリー寄せ

〈材料〉2人分

ブロッコリー（小）3分の1　セロリ3分の1本　プチトマト6個　プロセスチーズ2ピース（30gくらい）

コンソメ・粉ゼラチン・乾燥バジル・塩・胡椒《こしょう》適宜

〈作り方〉

①ブロッコリー、セロリ、プロセスチーズは小さめにカットし、プチトマトは4等分する。

②鍋《なべ》に湯を沸《わ》かしてコンソメを入れ、ブロッコリーとセロリを加え、ひと煮立ちしたらチーズとプチトマトを入れて火を止め、塩・胡椒で味を調えたら乾燥バジルを振る。

③②のスープの量に応じた粉ゼラチンを溶かし、容器に移す。

④あら熱が取れたら冷蔵庫で冷やし固める。

☆今回はチーズを使いましたが、茹《ゆ》で卵や茹でエビを入れても美味しいです。香草はディルも合います。

○鯵《あじ》のなめろう

〈材　料〉２人分
鯵（刺身用）２人分
味噌《みそ》・小ネギ・生姜・ニンニク適宜

〈作り方〉
①小ネギは小口切りにし、生姜とニンニクは擂り下ろす。
②鯵、味噌、生姜、ニンニク、小ネギ３分の２をまな板に載せ、包丁で叩く。
③味噌は途中で味見して、調整して足す。
④叩き終わったら器に盛り、残りの小ネギを散らす。

☆醬油やゴマ油を加えるレシピもあります。

○キュウリとジャコの生姜醬油炒《いた》め

〈材　料〉２人分
キュウリ３〜４本　チリメンジャコ大匙３（15ｇくらい）
Ａ（生姜１片　醬油大匙１　みりん小匙１）　ゴマ油大匙２〜３

〈作り方〉
①キュウリは縦半分に切り、種を取り除いて厚さ５㎜くらいの斜め切りにする。
②生姜を擂り下ろしてＡと混ぜる。
③フライパンにゴマ油を敷いて熱し、キュウリを入れて２分ほど炒め、チリメンジャコを加えて30秒ほど炒めたら、Ａを絡《から》めて火を止める。

☆キュウリの代わりにナスを使っても美味しい。Aのタレはめんつゆを薄めておろし生姜を混ぜてもOKです。

○ナスと卵のよだれ鶏風

〈材料〉2人分
ナス4本　卵2個
A（豆板醤《トウバンジャン》小匙2分の1　ゴマ油大匙1　酢小匙2　醤油大匙1　砂糖小匙1　ニンニク1片）

〈作り方〉
①茹で卵を作る（水から鍋に入れて沸騰後10分茹でる）。
②ニンニクを擂り下ろし、Aと混ぜておく。
③ナスは皮を剝《む》いて10分ほど水に晒《さら》し、4～5分蒸す。あるいは1本ずつラップに包んで電子レンジ（600W）で3～4分加熱する。あら熱が取れたら3㎝幅に切る。
④ナスと、4つくらいにざっくり割った茹で卵を、Aのタレで和《あ》える。

☆薄切りの豚肉を冷しゃぶにして加えれば、更《さら》にボリュームアップします。もちろん、茹でて冷やした鶏肉にAのタレをかければ、本格的な〝よだれ鶏〟の完成です。

○エビ雲呑《ワンタン》

〈材料〉2人分
小エビ200g　長ネギ1本　生姜1片　雲呑の皮1袋

片栗粉・塩・胡椒・ゴマ油適宜　中華スープ・醤油・日本酒適宜

〈作り方〉

①小エビは塩と片栗粉を揉《も》み込み、水で洗い流して臭《くさ》みを取る。

②小エビと長ネギは粗《あら》めにみじん切り。生姜は擂り下ろす。

③小エビ・長ネギ・生姜に片栗粉（大匙1くらい）、ゴマ油（小匙1くらい）、塩・胡椒少々を加えて混ぜる（A）。

④雲呑の皮でAを包む。具の大きさはお好みで。

⑤鍋に中華スープを作り、日本酒を加えてアルコールを飛ばし、最後に醤油で味を調えたら、雲呑を入れて煮る。

☆雲呑の具材はエビだけでなく、豚挽肉《ひきにく》やホタテ貝柱《かいばしら》を加えるレシピもあります。

○明石焼《あかしや》き

〈材　料〉30個分

たこ焼き粉50g　卵3個　出汁《だし》（または水）３００cc　茹でタコ・サラダ油・水・だしの素《もと》・日本酒・醤油・小ネギ適宜

〈作り方〉

①茹でタコ（生は硬くなるので避ける）はたこ焼きに入れやすい大きさに切る。

②たこ焼き粉と卵、出汁（だしの素を薄めに溶いた汁でＯＫ）を混ぜ合わせ、タコを加えてタネを作る。

③たこ焼き器を加熱してサラダ油を敷き、タネを入れて焼く。たこ焼きに比べて

タネが柔らかいので、ひっくり返すときに注意が必要。

④つけ汁を作る。水・だしの素・日本酒を鍋に入れて煮立て、アルコールを飛ばし、醤油（白醤油もＯＫ）で味を調える。お好みで小ネギを小口切りにしてつけ汁に散らす。

☆本来は、小麦粉に「じん粉」（小麦でんぷん）を混ぜたものを使います。じん粉を加えるとよりふんわりと仕上がります。

○ピーマンの焼売《しゅうまい》

〈材　料〉２人分

ピーマン４個

Ａ（豚挽肉１５０ｇ　ホタテ水煮缶詰60ｇ　生姜１片　ゴマ油小匙１　片栗粉大匙１　塩・胡椒適宜）

〈作り方〉

①ピーマンを横半分に切り、ヘタと種を取り除く。

②ボールにＡを入れて混ぜ合わせる。

③ピーマンに②を詰め、ゆるくラップをかけて電子レンジ（６００Ｗ）で５分ほど加熱する。具材に竹串を刺して肉汁がまだ赤いようなら、火が通るまで30秒ずつ追加しながら加熱する。

④蒸し器で蒸す場合は湯気《ゆげ》の上がっている状態で６～７分程度。

☆ホタテ水煮缶に塩気があるので、塩・胡椒は控えめに。ホタテ水煮缶がない場合はオイスターソース小匙２で味付けしてもOK。

○豚肉とナスとオクラのサラダ

〈材　料〉2人分
ナス1本　オクラ2本　豚ロース薄切り肉6枚
塩・サラダ油適宜　水菜50g　茗荷《みようが》1本　玉ネギドレッシング

〈作り方〉
①ナスは縦半分に切り、皮の表面に斜めの格子《こうし》状に包丁目を入れ、食べやすく切って水に晒す。
②水菜はざく切り、茗荷は千切りにする。
③オクラは塩を振り、表面をこすってうぶ毛を取り除き、水で洗って水分を拭《ふ》き取ってから斜め切りにする。
④豚肉は食べやすい長さに切る。
⑤フライパンを熱してサラダ油を入れ、肉、ナス、オクラの順に入れて軽く塩を振り、火を通す。
⑥皿に水菜と一緒に⑤を盛り付け、茗荷を散らし、玉ネギドレッシングを振りかける。

☆夏野菜の温サラダです。ドレッシングはお好みで選んで下さい。

○油揚げとピーマンの柚子《ゆず》胡椒グリル

〈材　料〉2人分
ピーマン4個　油揚げ1枚
A（オリーブオイル大匙2　柚子胡椒小匙2分の1　醤油大匙2分の1

塩・胡椒少々）

〈作り方〉

①ピーマンは縦半分に切り、ヘタと種を取り除く。

②油揚げは熱湯をかけて油抜きし、３㎝幅に切る。

③ピーマンと油揚げを中火のグリルで焼く。両面焼きの場合、油揚げは約３分、ピーマンは5～6分焼く。片面焼きの場合、油揚げは約３分、ピーマンは5分焼いて裏返し、更に3分焼く。

④Aを混ぜ合わせ、焼き上がった油揚げとピーマンを和える。

☆ピーマン以外にインゲン・アスパラ・エリンギを使っても美味しいですよ。

○煮豚

〈材料〉

豚バラブロック（鍋の大きさに応じて何本でも）

日本酒１合　醬油・砂糖適宜　八角《はっかく》１～２片

〈作り方〉

①鍋にたっぷりの水を入れ、豚バラブロックを入れて煮る。30分ほど煮たら水を換えて脂《あぶら》を除き、更に3時間ほど煮る。

②あら熱が取れたら煮汁ごと冷蔵庫で冷やす。十分に冷えると表面に真っ白く脂が凝固するので、それを全部取り除く。

③再び豚肉と煮汁を鍋に入れて加熱し、日本酒と八角を加え、砂糖・醬油・塩で味を調え、味が染《し》みるまで１時間ほど

煮る。

☆山口家の正月料理でした。よく煮た豚肉は箸《はし》で千切《ちぎ》れるほど柔らかく、丁寧《ていねい》に脂を取っているのでバラ肉の脂身もしつこくありません。時間はかかりますが手間はかからないので、一度お試し下さい。

著者紹介
山口恵以子（やまぐち　えいこ）
1958年、東京都江戸川区生まれ。早稲田大学文学部卒業。松竹シナリオ研究所で学び、脚本家を目指し、プロットライターとして活動。その後、丸の内新聞事業協同組合の社員食堂に勤務しながら、小説の執筆に取り組む。2007年、『邪剣始末』で作家デビュー。2013年、『月下上海』で第20回松本清張賞を受賞。
主な著書に、「食堂のおばちゃん」「婚活食堂」シリーズや『風待心中』『毒母ですが、なにか』『食堂メッシタ』『夜の塩』『いつでも母と』『食堂のおばちゃんの「人生はいつも崖っぷち」』『さち子のお助けごはん』『ライト・スタッフ』『トコとミコ』などがある。

本書は、書き下ろし作品です。

ＰＨＰ文芸文庫　婚活食堂５

2021年５月25日　第１版第１刷

著　　者　　山口恵以子
発行者　　後藤淳一
発行所　　株式会社ＰＨＰ研究所
東京本部　〒135-8137　江東区豊洲5-6-52
第三制作部　☎03-3520-9620（編集）
普及部　☎03-3520-9630（販売）
京都本部　〒601-8411　京都市南区西九条北ノ内町11
PHP INTERFACE　https://www.php.co.jp/
組　　版　　朝日メディアインターナショナル株式会社
印刷所　　図書印刷株式会社
製本所　　東京美術紙工協業組合

ISBN978-4-569-90122-0

PHP文芸文庫

婚活食堂1〜4

山口恵以子 著

名物おでんと絶品料理が並ぶ「めぐみ食堂」には、様々な恋の悩みを抱えた客が訪れて……。心もお腹も満たされるハートフルストーリー。

PHP文芸文庫

風待《かぜまち》心中

山口恵以子 著

江戸の町で次々と起こる凄惨な殺人事件、そして驚愕の結末！　男と女、親と子の葛藤が渦巻く、一気読み必至の長編時代ミステリー。

PHP文芸文庫

本所おけら長屋（一）～（十六）

畠山健二 著

江戸は本所深川を舞台に繰り広げられる、笑いあり、涙ありの人情時代小説。古典落語テイストで人情の機微を描いた大人気シリーズ。

PHP文芸文庫

京都祇園もも吉庵のあまから帖

志賀内泰弘 著

京都祇園には、元芸妓の女将が営む「一見さんお断り」の甘味処があるという――。ときにほろ苦くも心あたたまる、感動の連作短編集。

PHP文芸文庫

グルメ警部の美食捜査

斎藤千輪 著

この捜査に、このディナーって必要⁉ 聞き込み中でも張り込み中でも、おいしい料理にこだわる久留米警部の活躍を描くミステリー。

PHP文芸文庫

名作なんか、こわくない

柚木麻子 著

名作には、女子が今を生きるために必要な情報が詰まっている。若手人気作家を夢中にさせた古今東西の小説を味わう「読書エッセイ」。

PHP文芸文庫

鯖《さば》猫《ねこ》長屋ふしぎ草紙（一）〜（九）

田牧大和　著

事件を解決するのは、鯖猫!? わけありな人たちがいっぱいの「鯖猫長屋」で、不可思議な出来事が……。大江戸謎解き人情ばなし。

PHP文芸文庫

桜ほうさら(上・下)

宮部みゆき 著

父の汚名を晴らすため江戸に住む笙之介の前に、桜の精のような少女が現れ……。人生のせつなさ、長屋の人々の温かさが心に沁みる物語。